国外文论前沿译丛

张　进　主编

作为事件的文学

—— 时间错置的结构

[日] 小林康夫　著

丁国旗　张哲瑄　译

知识产权出版社
全国百佳图书出版单位
—北京—

图书在版编目（CIP）数据

作为事件的文学：时间错置的结构／（日）小林康夫著；丁国旗，张哲瑄译.
—北京：知识产权出版社，2019.12

ISBN 978-7-5130-6730-0

Ⅰ.①作…　Ⅱ.①小…②丁…③张…　Ⅲ.①文学理论—文化哲学—研究
Ⅳ.①I0-02

中国版本图书馆 CIP 数据核字（2019）第 295749 号

责任编辑：刘　睿　刘　江　　　　责任校对：王　岩
封面设计：博华创意　　　　　　　责任印制：刘译文

作为事件的文学——时间错置的结构

[日] 小林康夫　著

丁国旗　张哲瑄　译

出版发行：知识产权出版社 有限责任公司	网　　址：http：//www.ipph.cn
社　　址：北京市海淀区气象路 50 号院	邮　　编：100081
责编电话：010-82000860 转 8344	责编邮箱：liujiang@cnipr.com
发行电话：010-82000860 转 8101/8102	发行传真：010-82000893/82005070/82000270
印　　刷：天津嘉恒印务有限公司	经　　销：各大网上书店、新华书店及相关专业书店
开　　本：880mm×1230mm　1/32	印　　张：8.25
版　　次：2019 年 12 月第 1 版	印　　次：2019 年 12 月第 1 次印刷
字　　数：204 千字	定　　价：48.00 元
ISBN 978-7-5130-6730-0	
京权图字：01-2020-0146	

广东外语外贸大学学术精品翻译项目（项目编号：19FY01）最终成果；

广东省普通高校人文社会科学研究重点项目"比较诗学与跨文化研究"（项目编号：2018WZDXM007）阶段性成果

前　　言

本书以此次收入讲谈社学术文库为契机，在 1995 年作品社发行的旧著之上，增添了之后新写的三篇论文，分别是"夏目漱石的《梦十夜》（第五夜）""大江健三郎的《人生的亲戚》""守中高明的《砂之日》"。此外，在得到作家古井由吉先生的许可之后，笔者将与古井先生的谈话也收录于此，作为卷末的解说。在此，向相关人士的宽宏大量表示由衷的谢意。

"作为事件的文学"一词，于我而言，已经绝非仅一册旧著的书名。我所有关于文学的创作与评论都是以此为基础的，它已经成为我思考的轴心。换言之，对于文学文本，我只关心一点，即文学这一事件。

说是事件，而不言自明的是，它是在语言内部发生的。语言不单单是现实时空中发生的事件的表象，也不单单是将虚构的现实赋予现实中不能发生（没发生）的事件，它既是现实亦非现实，毋宁说，它是一种具有独特的自身结构的语言。在此，二元对立的区别丧失了意义，而这便是文学文本。我们在说某个文本的文学性时，其实说的是关于文本组织生成的事件，即我们发现它具有独特的时间结构。然而，这种时间结构往往被发觉是丑闻。因为其中必然会有矛盾、对立、彼此不相容的时间在碰撞、融合，通过诸如此类的时间错置，一些价值的颠覆便会生成。

如果我们能够完全将自身置于流动的时间中任其摆布，即仅仅拥有充实的"现在"——不论是幸福还是不幸——那么我们恐怕就彻底不需要文学这种东西了吧。然而，幸福也好，不幸也罢，我们掌握了语言，这是一种脱离时间、超越时间组织的技艺，不，应该说我们注定每天都在发明这种技艺。如此说来，实际上"文学"也是我们存在的根源性形态。我们与语言一起，超越"现在"，在时间错置的再生产之中，也蕴含着我们的伦理和欲望。诗和小说等种种"文学作品"，正是我们的根源性存在的形态的确证。

当然，也可以将我们的存在这种"存在与时间"以哲学的理性进行鉴定。但是，如果这里存在一个（真正的）文学文本，那便同时也存在独特的"存在与时间"。对每个特异的"存在与时间"的阅读，即品读，正是贯穿本书的一股热情的细流。

目　　录

作品·文本·装置

作为事件的文学
——宫泽贤治的《松针》

事件生成场域，一切皆由此而起。

——马拉美

一个事件发生时，如果它是真实的，我们往往不会知道它的源起。事件总会发生，它确实会发生在某人的身上，比如发生在我身上，或是我们身上，就好像是上天的安排。但是，谁制造了该事件，是什么引发了该事件，我们不得而知。所以，绝不能说我们就是该事件的完全承受者，也不能将其据为己有。事件不是一件私人物品，也不能由一个人传递给另一个人，它不从属于任何一个人。事件的起源隐藏于黑暗之中，像一个被谜团包围的包裹，寄件人和收件人的信息都无从得知。

因此，如果把事件作为某种文化形态，比如说作为文学的根据来研究，可以说是极其困难的。换言之，事件非但不会提供基础，提出根据，反倒是动摇了现今已确实存在的基础的结构和组织，并使其瓦解，它是对有意图的估计和预测的背叛。事件无所谓基础，因此，它拒绝赋予保证其基础的预测的可能性。也就是说，在此之前没有该事件发生的场合，突然之间，它背叛了先前所有的预测，它所发生的场合在那个时空中出现了，这便有了事件（avoir lieu）。

换言之，一个事件的发生，并不意味着存在无数与其关联的事件才能发生，事件总是在预定的场合发生，即事件与其发生的场合是同时出现的，更进一步说，正是通过事件的发生决定了其发生场合的出现。场合伴随着事件而出现，又或者应该说，场合的出现才是事件。

对于文学这门学问，如果说它终究不得不跟"事件"这一维度交缠的话，理由大概如下：那就是文学无论如何都有一个"生起的场"。当然，我们无论何时都可以说文学中的语言所表达的不是真实的事件，只不过是虚构的罢了。但是，确实如此吗？我们不妨说虚构的其实是能够在现实中真实发生的事件，只不过还不具备其发生的场合。或者我们也许换一个角度去理解，事件的本质并非现实的，而是虚构的。不论是哪一种事件，如果是真实的，我们就将其本质视为文学性的。

事实上，我们在提出这些问题时，已经不单单视文学为一种文化形态，或者一个领域的表现方式，而是追本溯源，从人类的角度、从存在的角度，思考事件的可能性与不可能性问题。可以说，我们的思考方向进入此一维度，也就是说，正向着某种"文学的哲学"方向行进。

不过，终极的事件论的哲学探索姑且不论，在此，先就文学的言说，即作为批评的类型学，以及到目前为止我们对于文学中事件的场合的把握和理解的方式，做一简单回顾。那么，我们现在要做的事情，就是把我们的努力限定于思考事件的"场合"。

1. 作品

先说作品——在文学界，"作品"亦称"oeuvre"。自不待言，这不是规定文学的唯一概念，其历史也不算悠久，甚至可以说是相当晚近的发明。其在广义的"现代性"中占有一席之地，不过，我们依然停留于"作品的时代"。也就是说，从历史、社会的角度来看，我们还是必须从作品的概念出发来讨论文学。

"作品"这一概念本身，顾名思义，即赋予了作家以优先权。也就是说作品产自作家，所以文学事件终究还是还原到作家自身。

作家给作品命名，然后自己署名。"作品"这一概念，与社会中关于法律统一性以及所有权的问题紧密相关。作品名与作者名被视为一个整体，就好像是生产者和产品的关系。不同的是，一般的商品在交易的过程中，所有权会发生转移，而对于作品而言，作者的署名一直会被保留。也就是说，作品的所有权不会随着交换而转移，这意味着它的不可转让。因此，我们阅读作品时，往往怀着对作家的这种不可转让的权力的尊重，而且不可避免地，我们会在阅读过程中诉之于此。

例如，宫泽贤治家喻户晓的《松针》，该作品是诗集《春与修罗》中《无声恸哭》五篇中的一篇。这五篇作品都是围绕诗人的妹妹阿敏之死展开，特别是这首《松针》，这篇作品在《诀别的早上》之后，《无声恸哭》之前，三部作品都描述了阿敏临终的情景，这大概是一般人的解读。而这样的解读是不可避免的，也是不可或缺的。如果我们不把作品的语言放置于现实的内容中是很难理解该作品的。但是，可以说我们当时是通过把作品还原到了作品之前发生的事件来理解的。

1922 年 11 月 27 日，长期疗养的妹妹阿敏去世了。妹妹的死是一件既定的、不可逆转的事件，所以这件事成为这首诗中唯一的真实事件。也就是说发生了这个事件，作为作家的宫泽贤治创作该作品作为表达自己情感的方式。不言而喻这种表达行为不只是单纯地记述和重复该事件，那促使他如此表达，逼迫他如此表达的力量，反而是从不能被表达的东西得来的。实际上，如果调查宫泽贤治的年谱，我们立刻会发现，在其妹妹死后长达7个月的时间，宫泽贤治陷入无法动笔的状态。画家可以根据眼前的静物来写生，诗人却不能这样。他被这件既定事件袭击，而且该事件不能以可表达的形态被回收，但是他又度过这极其困难的危机，由此突破了所谓的表达的不可能性，到达了某种被视为质朴表达的可能性。所以经过此番苦斗诞生的作品，可以从本质上说，属于创造它的这个诗人——宫泽贤治。

换言之，从作品的概念来说，作品不是一味地、单方向地从属于作家，并不是全面归属于作家自身的主动权。尽管如此，不，正因为如此，作品使得作品与作家之间建立了特权。作品与作家之间的奇妙关系包含特别性，作品的一切关键都在于其作者。作品是作家的表达方式，是作家思想和感情的流露，而且是作家的创造物。作者宫泽贤治，把普通言语不可名状的那种失去妹妹的深切之痛与悲哀，借《松针》表达出来。

虽然那是不言自明的道理，但是作为文学场合的设定，那种不言自明性同时在历史上也的的确确是很特殊的，很近代的，是这样吧，仅仅是这样吗？我们可以重新发问。我们很难否定作品是从作家的人生无限制展开的，但是作品的契机不是完全依靠作家的自由主体性，不如说我们可以觉察到作家与作品之间存在某种根源的不可能性关系，如果是这样，作家自身，也就是作家的意识不一定覆盖作品的每一个方面。作家自身对于作品也有盲点，因此作品不一定完全从属于作家。作家绝不会知道自己意识不到的东西，这种意识与无意识不协同合作就不会创作出作品的语言组织，它不一定完全从属于作家主体性责任并受其支配。于是，正因如此，它为我们读者打开了通向对其理解可能性的大门。

如此一来，鉴于精神分析的无意识理论，或者被称为结构主义之类的超越语言的、客观的自律性理论等，由此等理论进行延伸，我们就与"文本"这一概念碰面了。与其针对作家的契机特权化——"作品"这个概念，不如把重点放在作为语言组织的文本的契机上，从这个层次展开讨论。

2. 文本

因此，文本——被称为"texte"这个词，就是作为语言记号的"织物"（texture），即根据语言的基准与物质的组织这样的契机来规定的文学的场合。这个概念是从诸如作家的感情和思考这样的人性的、太人性的要素中解放文学，与其说是作家的表达，不如说是语言的事件，归根结底就是视其为作为意义事件的文学加以应对。如果说文学中有什么事件的话，它绝不存在于文本之外的作家的自然现实中，而是存在于我们眼前的语言中，就在这些"记号"的"织物"之中。语言不只是人与人之间传递信息的工具，它是自身具有自律性秩序以及可变的意义组织。也就是说，作品实际上是一个独立于作家的意图、思想和感情的构成物，如此一来，我们当然可以同作家一起，也可以不同于作家来阅读、解释这个意义的组织。比起作家表达方式这一契机，毋宁说，阅读、解释文本这个契机更为重要。

事实上，在"作家—作品"这种关系图式的层次展开探讨时，经常会发生如下情况，即最终导致文本的被消解。如果要把作品还原到它的作者的感情和思考的话，文本便不复存在了。这种武断的、操之过急的解读，有时甚至会出现越过文本径行理解的情况。实际上，以《松针》为例，即使是正在谈论该作品的我们，有人也许并没有真正阅读过该文本。《松针》全文如下。

松　针

我从五月的冰雨中
取来曼妙的松树枝条
哦，你如同飞奔一般
发烫的脸颊贴向那片绿叶
让那植物的青色松针
猛烈地刺向你的脸颊
你这般享乐其中
着实使人倍感惊讶
你是如此向往松林
在你身体烧得火烫
忍受着汗水与疼痛之时
我却正在日照下快乐地劳作
一边心里想着别人，一边在林中穿行
　　"啊，好舒服，空气好清爽
　　就像到了松林里面"
如同小鸟，如同松鼠
你对松林充满憧憬

你是多么羡慕我啊
啊，今天舍我而去的妹妹哟
你真的要独自前往吗？
陪我一起走嘛
你快来央求哥哥
快点哭着对我说
还是你的那个脸颊
　　但今天是何等的美丽
　　我在这绿色的榧树的帷帐上
　　放上新鲜的枝丫
　　那树叶青翠欲滴
　　你闻
　　那清爽的
　　松节油的气息

那么，其后呢？是否一切都包含在作品之中呢？“1922年11月27日”——妹妹阿敏去世那天的日期——标明在了诗作的后面。文本记录了那天的记忆，于是读者被拽回到了那天，发生既定事件的那一天。文本确实是关于那个事件的，是围绕那个事件展开的。但是，那个事件与文本之间的关系未必是不言自明的。也就是说，不仅仅是发生了妹妹去世这件事，以及由于妹妹之死引发了比如作者悲哀之情的流露等。虽然这么理解是不可避免的，但是，并不矛盾的是，文本不仅还原了已经发生的事件，它还作为具有自身特性的意义组织而存在，而且这个组织绝不服从于确定的决定性，它面向无限制的阅读理解可能性以及解释的可能性而打开。原则上对于一个文本，无论我们怎么去阅读，也不可能将其完全理解，总会有残存的没有被读到的内容。文本是被意义的无限性打开后的残留。

在这些无数的解释可能性中，比如将死的妹妹受发热之苦"发烫的脸颊"同与其形成鲜明对比的"植物性的青色松针"的一连串意象，即"松树""绿叶""松林""森林""新鲜的松枝"一系列、最终以具有异国风情的"松节油"一词收尾，耐人寻味。也就是说，采用将对象物体与作为其记号的"清爽的味道"一同收入的语法体系，可以对文本整体的意义组织进行分析。

或者更进一层，我们可以从非意义角度出发来关注文本本质的空间性，比如这首诗的行数的组成，特别是另起一行的效果，我们可以试着对其展开探讨。开头的两行"我从五月的冰雨中/取来曼妙的松树枝条"，明确地记录了诗人要对妹妹阿敏说的话。全文基本上都是诗人对妹妹说的话，这些话语至少可以分为两种：一种是诗人在现实中说出并且让妹妹听到的话；另一种则应该说是旁白，是诗人自己内心的话语，或者说是为此而书写下来的话语。即在从"我"到"你"的话语传递过程中，这些话语如同被埋没了一般，"我"的声音在不断回响。于是，就好像是对其的某种回应，同样地空出两个字，在大概正中央的位置，这次是用引号把妹妹的话，非也，是妹妹发出的声音，如实地保留下来——"啊，好舒服，空气好清爽/就像到了松林里面"。

这是人所发出的真实的声音。尽管文本的行文看起来波澜不惊，可是引号内的文字，使整部作品在此土崩瓦解，却生发出一种坠入无底深渊般（突变理论）的引力。虽然这两行话语也有其意义，但是发挥作用的并不是它的意义。并非意义，而是那真实的物质性的人的声音——逝去的妹妹那具有特质的声音——作为一个事件的声音。这个声音，就埋藏、保存于文本之中，与文本融为一体。

"1922年11月27日"，标明这个日期的诗篇（《诀别的早上》《松针》《无声恸哭》），处处都封印着阿敏的声音。"请给我些雨雪""我一个人死去"……此等语句，如同把一块石头编入文本这个织物之中。与原文的语言风格不同，这块石头发出特别的响声。这绝对不是凭意义——一般的概念就能够解决的特别物质事件。它就像没有意义的语言符号，因此它必然被标记在字母表里，它先在地拒绝了所有对其意义的操作。但是，正因如此，它把自己包裹起来，却又是透明地暴露于众目之下，构成封印一般的意义组织。这对于诗的语言来说，是一种与众不同的东西。也就是说，它是没有被作品化的语言，是拒绝被作品化的语言。事实上，与这些语言相比，诗人在文本开头的叙述，实际上已经被作品化，我们将之理解为只是被记录下来的语言而已。换个说法，妹妹阿敏与诗人之间并不存在对称的对话，可以说，文本更强调的是其非对称性。诗人的语言姗姗来迟，事实上，来迟本就不可避免。"我从五月的冰雨中/取来曼妙的松树枝条"这句话，晚于作为该作品的创作动因的"啊，好舒服，空气好清爽/就像到了松林里面"这个声音的发生，是一句迟来的话语。而且，这个声音来自逝者，属于已经死去的人，既不能被收回，也不能被抹去，对于这类语言来讲，诗人的来迟是不可避免的。也许，作品正是要把这种"迟来"当作"迟来"处理。即通过文本的书写，这种"迟来"被赋予了"迟来"的功能。也就是说，"啊，好舒服，空气好清爽/就像到了松林里面"这个特别的声音，乃是一个无论如何也不能解决的、所谓的无法翻译的事件，诗人正是把它当作一个与众不同的起源，嵌入文本，然后在文本中，用自己的话语回应这个声音。这便是对话，被迟延的对话。一段未曾真实发生过的对话，此时此刻正在发生。在一去不复返的时空中，两个不同的说话时间，却催生出对话的空间。在文本这个空间里，发生了堪称穿越的时间错置的事件。

此即所谓的文本的事件。诗人正是通过书写文本，与逝者的"死去"展开对话，作者将妹妹去世的时间点与自己书写的时间对接，并将其空间化。于是在那个时间错置的空间中，诗人如是说（此处，亦是开头空出两字）："还是你的那个脸颊/但在今天是何等美丽……"这句话，并非是在现场，却是在相同的"现在"，诗人对于妹妹那个声音的回应。那是双重的"现在"——妹妹临终的"现在"以及作品的"现在"，这两个"现在"被接合到一起。于是，诗人把与妹妹声音的独特性相符的、一个具有异国语言情调的声响、物质的声响——"松节油"一词，作为一个祈愿，一个物质化的绿色祈愿（在"绿色的榧树帷帐"上放上"新鲜的松枝"）献给妹妹。

如此这般，这个文本是作为含有其创作起源——妹妹声音的意义的织物、意义的事件、意义的行为而出现的。显然，我们不可能接触到这个作品的创作起源，即那个声音，所以，我们读者难以将这个特别的事件作诗人那般特殊的理解接受。我们更是后来者，但是，这样也未必不是一件好事。当时身临其境的宫泽贤治，也有其不能理解的事件，正因如此，才促使他写下这个文本。任谁也不能再听到那个声音，任谁也不能同时享有那个声音和那个"现在"。但是，在此重申一次，正是因此，我们才想着要去接近那个声音，想去分享那个不可能被分享的声音。通过阅读这个文本，我们得以理解文本所记载的这个时间错置的事件。因此，文学这个事件、文本这个事件遂成为必然。

3. 装置

最后，我们来说说装置。"装置"，即 dispositif 一词。这个词，作为批评用语虽未必通行，但是，我们的解读已经抵达这里。显然，从本质上看，文本具有复杂的空间性以及异质元素共存的复合性，它绝对无法被还原为意义的多层性以及结构性。它不再只是一元的或者平面的织物，可以说，它是面向未必可以被还原为意义的事件而敞开的一种复杂的装置——若从迄今为止的解读的延长线上来看，此乃一种特殊的时间装置。

比如说，那里潜隐着一个可以说是绝对特别的人声。与其说它属于意义的秩序，不如说它属于不断将它拉近、吞没、解体的黑洞般起源的对象的秩序。然后它被包围、裹住，如同被同化般埋藏，就如同被暗号化一般，各种各样的记号被动员排列起来，形形色色的特殊固定语法被发明出来。也就是说，诗人将这些东西组合起来，创造出自己的空间。如此一来，在诗人创造的这个空间中，许多个"现在"交错、接合，于是一个我们从未见过的"现在"出现在眼前。诗人通过这个装置，既非表现，亦非表象，而是在进行着各式各样的活动。

事实上，"啊，好舒服，空气好清爽，就像到了松林里面"一句，乃是整首诗的创作起源。在这个装置的最后，仿佛是恩宠一般的、透亮的、飘散着的绿色的"松节油的气息"——是诗的祈愿。但是，无论是创作起源，还是诗的祈愿，都不能被作为该诗活力顶点的标识。这首诗真正的中心并不在此，该诗的话语能量攀升到的高潮，是在最后温和而明朗的祈愿之前，在作者要呼唤妹妹阿敏的那刻，即"你真的要独自前往吗？陪我一起走嘛、你快来央求哥哥"这样的嘶喊之中。这是对逝者发出的奇异的、令人大为触动的呼唤。让我们重新理解一下这段诗句，在这个文本中，不见作者挽留逝者，而且，也没有从通常意义上哀悼妹妹的死亡。妹妹之死已不可改变，无论是妹妹本人，还是已经看透此事的哥哥，都明了这一事实。"啊，今天舍我而去的妹妹哟"——这个死，乃是处于死以前的状况，这个断言具有异乎寻常的非现实的确定性。

以《永诀的早上》为首的阿敏临终三部曲，都是以阿敏之死的确定性为前提创作的。可以说，在接受妹妹死亡命运的事实之后，诗人开始了诗的写作。事实上，这无关阿敏之死这个问题本身。也许心情悲切，也许恸哭失声，不过诗的文本自身，并不与这些感情对应。《松针》文本表达的不是悲痛之情，而是一个不可思议的请求，活着的人请求逝者"哭着"央求自己"跟我一起走吧"。

何故如此？为何诗人会发出这样的请求呢？——在发出这个疑问的同时，我们也终于来到了这个文本即装置的最紧要之处，对于这个问题，答案只要略有不同，邂逅该作品的方式便会迥然不同。这个场所，意味着读者正向着阅读的事件所发生的场所逼近。为何作这样的请求？这个问题的确切答案又在哪里？决定性被动摇之处，正是事件的可能性开启之所。

且看下面进一步的阐述。

正如后续作品《无声恸哭》中（"你自己选定的道路/要孤身一人走下去吗"）所言，在这个临终三部曲中，一个贯穿始终的问题是，妹妹阿敏对于死的自觉以及接受死亡命运的精神准备。而且，在《永诀的早上》中，她请求哥哥"为了一生光明"，给自己取一碗清凉的雪。即将死之人因为心中牵挂着生者，她要求他给予她最后的赠予。也就是说，她正在用得到赠予的方式送出自己的赠予。她看似没有来由的"坚定"深深震撼了"我"。另外，诗人领受了这种"坚定"。于是诗人写下了自己的感谢"谢谢你，我坚定的妹妹啊"（《永诀的早上》）。但是，与此同时，另一个声音也迸发出来，"快求我陪你一同去吧"！即作者想让妹妹把这种超然决心之前的姿态，亦即有人情味的、自己熟知的她的姿态原样展现给自己。他不禁又一次奋笔写下了自己的强烈愿望，希望妹妹还是那个自己心爱的"你"。

其实，让诗人说出如此不合情理的请求的并非别物——乃是他心中绝对的不安。妹妹虽然已经做好了对死亡的精神准备（如果连这一点也要怀疑的话，便是对妹妹那淡定的决心的伤害），但问题是，他并不知道她要去向何方。"你一个人要去向何方呢?"（《无声恸哭》）——死的本质是孤独，那种孤独说穿了便是不知道死后的归处。说死后上"天"很容易，凭借"巨大的信心"——正如其他作品中所述，其实期待"兜率天"❶是归宿也好。诗人相信，并且为之祈求。但是，死后只能一个人去的地方，究竟是哪里呢? 不仅是他，对于任何人来说，这都是无从得知的。于是这个根源性的不明，位于那最终极的地方，成为巨大的不安，压倒了他自身的信心，所有的根据全部变得不再可靠。极度的不安，促使他大声呼喊出了这个不合

---

❶ 兜率天是欲界的第四天。释尊成佛以前，在兜率天，从天降生人间而成佛。——译者注

情理的请求。

由此，阅读的可能性就豁然洞开了。但是，不论采用何种阅读方法，我们都必须把宫泽贤治的存在当作某种全体性的问题。即我们必然会以我们自己的方式与宫泽贤治的存在相遇。当然，我们不只是与生于 1896 年、卒于 1933 年的那个身体及其意识相遇。一个人的存在，会大大超出他的生命以及他的意识。我们存在的本质，正在于时间的错置。也因此，我们才得以以多种多样的方式，与某个固有名词所想定的存在相遇，存在正是通过相遇而成为事件。而文学，恰是这无数相遇的事件的发生之场。

第一部

"物" 之事件

一、环绕桃山山麓——川端康成的《拾骨》等作

　　祖父的生——死。

　　我如同上满了发条，奋力挥动右手，骨头震得咯咯作响，怀里抱着一个小小的骨灰盒。

　　回家的路上人们纷纷谈论祖父的事情，什么老爷真可怜啊，真是个顾家的好人啊，村里人不会将他遗忘啊之类的。我想让他们住口，毕竟悲伤的大概只有我一人而已。

　　留在家里的人们也开始担心孤身一人的我，在祖父死后该何去何从，我总觉得他们的同情中夹杂着好奇。

　　啪嗒一声，桃子从树上落下，滚到我的脚边。我们环绕桃山山麓，从墓地走了回来。

　　这是我 18 岁（大正五年）的作品，上述事件发生在我 16 岁那年。

　　"啪嗒一声，桃子从树上落下，滚到我的脚边。我们环绕桃山山麓，从墓地走了回来"——我们是否可以称为事件呢？这句话仅仅是描述了桃子从树上落下，滚到了作者的脚边。所以细分一下，不如说这是对墓地归途的描写更为贴切。然而事实并不是这样，这枚桃子从那个画面骨碌骨碌地滚到我们的眼前，

所以我们可以认为这枚桃子从画面的世界来到文本的世界，形成一段文字。该段文字以"我们环绕桃山山麓，从墓地走了回来"结束，但它给我们的感觉仅是暂时告一段落，该怎么命名这种感觉呢？

桃子从树上落下本不具备构成故事的条件。这段文字讲述的是祖父火葬时的几个零碎的情景，虽然作为故事的要素略显不足，然而随着作者视点的移动与时间的推移，故事得以渐渐展开。躺在地上流着鼻血的"我"来到火葬场，捡拾祖父的遗骨，再到村里祖坟处将其埋葬。参加葬礼的人们在归途中谈论着祖父，"我"听在耳里，痛在心里，"我想让他们住口，毕竟悲伤的大概只有我一人而已"。归途是"我们环绕桃山山麓，从墓地走了回来"。显然，从故事的层次来看，桃子落下这件事本身几乎不具生命力，因为它并不能改变故事的内容，给人感觉它是从故事的外部滚进来的。

但是，也正因如此，这段文字所描写的整个故事似乎就是为了迎合桃子从树上落下，滚到了作者脚边这个事件。准确地说，不论从故事还是描写的角度来看，桃子落下都不具备必然性，然而正是这个事件的突然性，成就了祖父火葬的这个故事。这是怎么一回事呢。对于双亲已故的"我"，作为唯一亲人的祖父的逝去，意味着自己已被置于伶仃孤苦、茕茕孑立的境地。这绝对是一个决定性的重大事件。然而令人感到奇妙的是，如此重大的事件居然跟"桃子从树上落下，滚到了我的脚边"这一本无意义的琐事挂钩，并且近乎成了等价关系。在重大意义与微小意义之间实现一种平衡，而找出该平衡点即意味着写作的终结。

自不待言，这种等价关系不是语义学上的问题。原本有意义与无意义之间的关系就不是语义学上的问题，这里的桃子并不具备隐喻意义，并且——根据词语的定义——也不具备象征意义。讲故事的人与桃子落下本无半点关系。但是，这跟"解剖台上的缝纫机和雨伞"这种毫无关系还并不相同。确实解剖台上的缝纫机和雨伞之间毫无关系，然而这种"毫无关系"的两者是处于同一物理空间，凭借人们的想象力衔接。想象力将原本无意义的东西赋予意义，一般认为人类的想象力是无限的，在此之上所有的对象都会被平等把握。但是祖父火葬与桃子落下之间的关系并不是那种平等关系。两件事情既不对等也无上述关系，两者之间的差异是无法消除的，因此想象力在此没有用武之地。事实上，文本在两者之间也没有发挥什么积极的作用。作者并不是通过想象力把桃子邀请到他脚下，桃子落下这个事件跟人为意义上的努力并不相干，可以说正是这种毫无关系揭示了人们的生命。换句话说，通过如实展现无情感的世界，人们有生命的世界才得以彰显。不论它是多么微不足道的事情，只要以外部生命为界限，从这一点来看都可以称作生命的事件，由此得以跟不明本体的所有生命挂钩。

所谓事件不正是如此吗？"我"给祖父拾骨时滴滴答答流出鼻血，因此跑到小山上去，常来家里的老婆婆帮我拾好祖父的骨灰，男人们搬倒"我"家祖坟最高处的墓碑，掘土后埋入骨灰盒，在那墓碑上哗哗地浇上水，"我"的头一阵眩晕——这一系列的事像停留在人类意义上的世界里。以祖父之死这一决定性事件为中心编织展开，又被尽数囊括其中。那里骨碌骨碌地滚来一个桃子。在这以人类行为与感情编织展开的故事里，突然发生一起与之毫无关系的事件，正是这种无意义险些跟祖父之死这一不可估量的丧失并驾齐驱。对于这个桃子，"我"是怎么做的呢？捡起来，还是躲过去，还是踩烂它？这么问当然是没有意义的，桃子只是滚到"我"的脚边，在此切断、终结了"我"的行为与感情之间的联系，因为这种切断生命的联系正是文本上发生的事件——对于文学来说的事件或者说称为文学的事件。

即是说能够将桃子落下称为事件，只能是在文学这个不可思议的领域了。我们知道讲述祖父火葬这段文本是川端康成的自传体。这是昭和二十四年发表的所谓"微型小说"中的一篇（《拾骨》）——在 17 岁时的习作上"稍作润色"而写成的。在我们辗转经历了桃子事件之后，作者自己附上一段类似后记的文字，具体如下：

> 这是我 18 岁（大正五年）❶ 的作品，上面发生的事件是在我 16 岁那年。现将文章稍作润色修改而成。51 岁重新修改 18 岁的作品，我也是乐在其中。且说能活着就足够心满意足了。

> 祖父于 5 月 24 日辞世，但是这篇《拾骨》所描述的事发生在 7 月，所以多少显得有些渲染夸张的成分……

如果现实中祖父是在 5 月辞世，那么葬礼归途真的会有桃子落下滚落到脚边吗？笔者不这样认为。何处是 17 岁少年的"夸张"，何处是 50 岁大家的"润色"我们不得而知，但是将桃

---

❶ 当时日本采用虚岁（即比实际年龄大一岁的年龄表示法），所以不与上文冲突。——译者注

子落下这一发生在 5 月的事件移动到 7 月，这种通篇上的"润色"确实是显而易见的。不仅如此，正是桃子事件引导了季节设定的变更，我们这么认为也是合情合理的。总之，桃子落下滚到脚边，这并不是单纯的现实描写，同时也属于写作事件，也许之后这成为捏造的起源，如果不是这样的话，那就是 17 岁的川端康成通过书写桃子，首次预感文学的力量，并从中掌握了洞察透视之力吧。

文学之力——它位于埋葬最后的亲人的归途中，是让桃子滚落到 15 岁少年脚下的力量。不对，不如说是让超越了人类生命界限的事物落下的力量，是迎接这种事物的力量。它是事物的力量，是驱使事物到来的力量。事物到来了，作为无意义的、无情感的事件出现。它正是通过文学语言的经营才得以到来。

恐怕像川端康成的文学这般——令人感到惭愧之程度——明晰地彰显这种事物之力的作品并不存在，难道不是吗？透视奇妙、纤细、感知的人类心理编织而成的鲜活故事的背景而沉浸其中者确实存在，然而文本所及之处，事物放射着它那无情感的光芒，仿佛照射出人类的存在那本质性的恐怖。

比如说《山音》这部作品——有什么发生了，传来了什么声音。由于"什么"无从分辨也无从知晓，所以那个声音就同其文字一般，是一种无意义的到来，而这正是事件本身。那正是所谓的"物"——它超越了诸如衰老的象征或者死亡的预告这种人类层面的意义，近乎成为"魔物"，正如文中所写："如同恶魔经过，山间呼啸狂吼"。这种恶魔般的声音响彻《山音》的整个故事；并且，止息了这种声音，将这个无尽的故事画上句号的——从作品的构成上来说，将其与开头的《山音》置于正确的对照位的——是另一种声音，这就是《天音》。

"是的，菊子是自由的。修一让我这么跟你说。"

这时天上传来了声响。信吾信以为真是苍天之音。

仰头看去，原来是五六只鸽子低斜飞过庭院。

菊子似乎也听到了，她走到走廊的尽头，望着鸽子远去的方向，含泪低语道。

"我真的是自由的吗？"

《山音》这篇作品围绕信吾邂逅的两种声音展开，其间信吾的家中发生了各种各样的事件。这一连串事件催生出人类的欲望，如同火焰般炽烈，但是这些事件不仅没有终结，而且似乎没有起始。信吾与菊子都不相信自由，也不对自由抱有向往。他们之间没有什么开始，也没有什么结束。并且就好像是要彰显这一点，事物到来了，声音传来了。不同的是，"山音"是在夜的黑暗中传入信吾那孤独的耳中，而"天音"则是被信吾和菊子所分，然而正是这微小的差异成就了通篇的《山音》，并且赋予这部凄惨的作品一种感官的刺激。

比如说《雪国》——这个故事也必须用这样的文字来结尾："……唰的一声，银河仿佛倾泻在岛村的心灵深处"。这早已不是单纯的风景描写，成为"事物"的银河，为了倾泻到岛村的心里，的确需要穿过照亮夜空的大火吧。与"事物"邂逅并非易事，在化为白骨之前，唯有穿过那燃烧、烈焰不止的生命之火，才能够听到一些声音吧。

再比如说《睡美人》，这部作品是把活生生的人通过"人工"的手段变成"事物"，可以说是一种荒唐的反常行为。但是该部作品的高潮，虽然是梦中的情景，正在于江口老人从花瓣中发现的那一滴红色的东西。"江口盯着花丛中那最大一朵，发现有一滴红色的东西从花瓣上滴落下来"。梦境到此戛然而止，老人睁开双眼，发现身边黑姑娘的身体已经冰冷了。

或者，最后来看《竹声桃花》，这是作者晚年为数不多的作品中的一部，它讲述的是后山枯松上飞来老鹰的故事。以"模糊的雾霭与桃红色的天空"为背景，老鹰栖息在"为自己而生的松枝"之上。

> ……老鹰为何来到这个小镇呢？是奔着这个小镇来的？是迷路到这里来的？还是在这里徘徊呢？不管怎么说也不应该停留在宫川久雄家后山的那颗枯松的枝干上吧。
> 宫川认为这不是偶然，而是必然的。他觉得这只老鹰是专程来向他昭示什么的。

然而这个"事物"是来告诉宫川什么的呢？无论是宫川、作者还是读者都无从知晓。它来自人类世界之外的世界，所以它的到来也不遵守人类的意义秩序。它仅是单纯的到来，并且成为一种"必然"。这种"必然"不能从意义上翻译，它袭击了宫川。但是令人感到奇妙的是，这部作品单单接受了这个"事物"的事件，并将其写下，这样是不能得以终结的。老鹰是在"前年春天"来到这里的，作品的重点不如说在于"宫川开始认为那只老鹰的眼睛长在自己身上"，此外还有"宫川开始认为后山的那颗松树长在自己身上"。但是这篇作品没作进一步地详解这是怎么一回事。文本从开头部分直接跳到以下的宣言：

> 我是什么时候开始认为，竹声、桃花，都在自己的体内呢？

　　如今我不仅能听到竹声、看见桃花，甚至能够看见竹声、听见桃花了。

　　"物"也好，"声音"也好，已经全部吸入自己的身体之中。这么说虽然没错，然而这些并不是单纯作为记忆储存。按文中所记，老鹰、竹声、桃花并不是作为形象，而是作为其原本面貌的"事物"。这怎么可能呢？如果这样的话，那么这时人心不就深入到"事物"的领域中了吗？人心不就开始疯狂错乱了吗？人心不就丧失了人性的意义，脱离了人类的时间秩序了吗？这样一来故事相继发生的顺序就已不具意义，一个事件就不存在什么终结了。"事物"到来了，一旦到来，就不会终结，一直持续着这种到来状态。正因如此，对于宫川来说，"暴雨中毫无声响飘落的白菊花瓣"的场景发生在数年前某旅馆的廊下，一位穿长裙的新娘撒下了这些花瓣。多年前的白菊花，在宫川的心里疯狂地飘落，正因如此，一滴红色的东西也在滑落，银河也在倾泻，桃子也在滚落，在此时间停滞不前，时间已不复存在，时间已经消逝。没有开始，也没有终结。唯有人类无法应对的事件正在无时无刻地发生。

　　无从救赎。也许从川端康成这位作家的道德极限来看，可以说是没有救赎的方法，不追求救赎，也无法信赖救赎。通过年轻女人的肉体洋溢出那纯洁的生命之光辉，被这光辉所照耀，与其进行接触、融合，然而最终川端还是没能信赖这种救赎。但最终他还是没能做到将自身抛向他者，仍未能放弃"我"。而这不是因为川端康成的自我意识以及自恋情节，并不是这样，这难道不是川端康成无论如何也无法信任自己生命的表现吗？然而连自己的生命都曾不信赖的人，为何会去信赖蕴于他者的生命呢？为了信赖生命而追求他者，却因为不能信任生命的结果而不信任他者，如此一来他者不就变成"事物"了吗？

舞女也好，黑姑娘也罢，菊子、驹子、叶子……所有的女人都因为这种令"我"难以置信、不可思议的恐怖力量化作桃子，从树上落下，从山上落下，骨碌骨碌地滚落至脚边来了吧。"我"凝视着这桃子，这种眼神最终也化为不信赖生命的恶魔之眼神了吧。

川端康成不属于桃山，而属于与之相连的墓山。《拾骨》的后记部分，作者还引用了另一篇17岁时的作品《至故乡》的一部分：

> 不知什么时候仓房里的东西被盗了，墓山周围渐渐被削掉，划入旁边桃山的领地。祖父三周年忌日已经临近，然而佛龛上祖父的灵牌沾满了老鼠的小便。

桃山环绕着墓山，正在一步步吞食它。生命的领域正在吞食死亡的领域。然而作为作家的川端，不是无时无刻都在墓山归来的路上吗？不是穷尽一生走在那归途中吗？纯属偶然，又实属必然，桃子滚到他的脚边。川端却没有迈进桃山一步，归途也是绕着桃山周边，从墓地归来的那条路，环绕着桃山山麓。

梦中的行为与事件

二、泪与露——夏目漱石的《梦十夜》（第一夜）

我问她何时能再见。

"太阳升起又落下，然后还会升起，又会落下吧……红日东升西落，如此周而复始之时，你能在此等候吗？"

我沉默着。点了点头。女人的声音突然由沉稳变得高亢，毅然决然地喊道："请等候一百年。"

"一百年，请坐在我的墓旁等我，我一定会回来与你相见。"

我只回答说等她。话音刚落，在她那乌黑深邃的眸子里，我的身影开始模糊，转而土崩瓦解。就好像投射在静谧水中的倒影，瞬间变得凌乱不堪，我正感到自己的身影即将随着她的泪水涌出时，女人的眼睛突然啪地闭上了。长长的睫毛间流出了泪水，滴落到脸颊上——她已经死了。

弗洛伊德在《梦的解析》一书中的某个章节谈及"梦见亲人死去"，他说这种梦不一定满足"梦境是愿望的达成"这一核心观点，值得引起我们注意。即这种梦分为两类，其一是"即使做了这种梦，本人在梦中却丝毫感觉不到悲伤，醒来后对自己的这种情感丧失感到惊讶"，其二是"梦中悲戚不已，唏嘘长叹，边做梦边流泪不止"，所以说梦境与愿望紧密相关指向后者，即悲哀之情与亲人之死相称的这种情况。换言之，"梦中的感情属于梦的潜在内容"，根据感情不同，对梦的解释也大相径庭。

这一点应用于文本解释上也同样重要。无论什么类型的文本，都含有形式各异的结构和意象，或者说其映射含有无数种可能的方向，但基于该文本，只有一个方向能够浮出水面，而判断该方向的基准最终应落在文本所洋溢的感情，或者说文本给予我们什么样的感情基调，真正的方向应该与该感情相称。如果我们碰巧遇到有关梦境的文本，则这一点自然而然就变得至关重要了。

如此我们来看《梦十夜》的《第一夜》，首先我们应注意的就是这个梦（故事）整体蕴含的感情。用"近亲"一词不知是否恰当，总之主题无疑是描述跟"我"关系密切的一个女人之死，那么这个故事蕴含着什么样的感情呢？很明显这里起到支配性作用的感情并不是弗洛伊德所说的"边做梦边流泪"的这种强烈悲伤，全文难道不是流淌着一种近似悲伤而冷淡的感情吗？这不是那种痛哭流涕去悼念死亡，而是面对死亡这件事，极力去抑制自己的感情，以一种冷静、怀疑的理性情感去看待。即这个故事的中心感情是缺少感情，或者与感情保持距离。女人之死这一事件——梦境——不卷入现实中的感情，而是在梦境中去观察、去质疑这一事件，正是这冷静的视角决定了整个梦境的基调。

用弗洛伊德式的话来说，对于这个梦，重要的不是女人之死这一事件。或者说即使死亡成为重点，但那不是事件意义的死，不如说是某种意义上的抽象的死。这样一来我们就站在了一个重要的十字路口——该如何去解释这个梦、这个故事。

即是说，一方面，我们通过自然的理解，能够领会梦中的"女人"和"自己"那种超脱于死亡、经历死亡，以及那种爱情与约定的关系。然而理解的重点怎么说也是在爱情关系上。另一方面，这个梦的感情也并非以炽烈的爱情为出发点，如果我们从这个角度来看的话，这个梦的重点就不在"女人"和"自己"的关系上，乍一看这疑似恋爱关系的背后可能隐藏着其他的思想和解释。所以，如果我们选择后者，就只好先把"女人"这一具体存在消去，再去观察这个问题。

事实上，这个"女人"是谁，或者说这个"女人"到底是不是一个"人"——被称为"女人"的这个存在，本是具有特殊性的"某人"，对于梦境的叙述者"我"来说自是心知肚明，在字里行间却隐去了这个"女人"的特殊性，仅仅以普通的泛称名词"女人"来指代；或者对于"自己"，这个"女人"缺乏现实中的固有特殊性，故仅能以"女人"相称。"女人"在这个梦中仅是个"将死之人"，虽然我们看不出她即将死亡的迹象，但是她宣言自己"快要死了"，接着就死去了。这个梦境之强烈，文本之强度，就在于对于"女人"之"死"的高度确定性，是对于自己应当死去的确定，可以说这是梦中之"女人"存在的根据。

此外我们不能忘记的是"女人"那双"水灵灵的大眼睛"中蕴含的那片黑暗，黑暗之中"自己的身影明晰可见"。"自己"凝视着"女人"，在"女人"那双黑眸里确认了"自己的身影"。说起来好像是"女人"在看着"自己"，然而并不是这样，后文中记录了"女人"莫名其妙的话语，由此"女人"与"自己"这种面对面的关系被一举动摇。"我一直问她能不能看到我的脸，她说能看见，不就映在那儿吗，说罢冲我莞尔一笑"，"那儿"说的正是女人那乌黑水润的双眸。"女人"睁大眼睛，将"自己"的身影映照其中，但是这双眼睛缺乏眼神，显得空洞。"女人"虽然能够说话，作为话语发出者存在，然而说到眼神，则她眼中只有"自己"凝视"自己"身影的眼神而已。

接着"女人"眼中映出的"自己的身影"消逝了，那是因为女人死了。

　　话音刚落，在她那乌黑深邃的眸子里，我的身影开始模糊，转而土崩瓦解。就好像投射在静谧水中的倒影，瞬间变得凌乱不堪，我正感到自己的身影即将随着她的泪水涌出时，女人的眼睛突然啪地闭上了。长长的睫毛间流出了泪水，滴落到脸颊上——她已经死了。

紧闭的双眼中留下行行泪水，但这绝非悲伤之泪。这明显是说，随着泪水涌出这一事件，"自己的身影"，即"自己"失去了鲜活的形象。"已经死了"——死了的是"女人"，与此同时，从深层意义上说，死了的正是映照在女人乌黑双眸中的"自己"。

在此意义上，"女人"对于"自己"来说并不是他者，并不是与"自己"相异的"某人"，不如说就是"自己"，不，应该说是作为"应死之人"的"自己"；或者更进一步、推至极限地说，正是"自己的死"，即"自己的死"的形态。"自己的死"就如此这般，在这描述梦境的字里行间，化作乌黑长发、婀娜身姿、瓜子脸、大眼睛的"女人"形象。

　　如此，以死亡为中心的该段文本，为何没有流露悲哀之情呢？对此我们也不是不能理解，因为事实上并没有人真正死去。主导这个梦的并不是说有人死去这样的事件，而是说自己难逃死亡的命运。通过对于梦境的描述，"自己"凝视死亡的命运，与死亡进行交涉。之所以说交涉，正是说"自己"在某种条件下才会接受死亡。"女人"说："请坐在我的墓旁等我，我一定会回来与你相见"，"自己"深信"女人"提出的约定，因此准备接受死亡。"我沉默着，点了点头"并且说"我只回答说等她"——接着"她已经死了"。但是梦境并没有到此结束，还需验证这场梦的赌注——死亡的约定是否兑现。如果遵守约定，接受了死亡，则结果不是"被女人所骗"了吗？不就等于被诱骗至死了吗？接受死亡，然而在此等待——无论多久——"自己"还能在此与"自己"相逢吗？这个梦的深切愿望就是知道这场约定的结果，证实这场约定。

　　然而这该如何得以实现呢？"自己"怎么能够验证"自己"死后的事情呢？"女人"的约定仅仅是朴实的童话而已。"我死之后，请将我埋葬。用硕大的珍珠贝壳掘一个墓穴，用天上坠落的星辰碎片作墓碑"——然后，与之相应的是"她已经死了"。之后的文本宛如梦境一般，如同梦中的另一重虚构，切换成不可思议的童话文体。"自己"用珍珠贝壳掘了一个墓穴，把"女人"埋葬，将星辰碎片置于土壤之上，完全按照"女人"吩咐而行。"自己"仍在等待，但是约定未能实现，事件未能发生。"我不禁开始想，是不是被女人骗了。"

　　然而事件总是将人们打个措手不及，非此般则不能称为事件。如此按照事件的逻辑，当"自己"放弃等待之时，事件就发生了。它以预想不到的方式，即它以令"自己"和他人无从判断的方式发生，令人无从知晓它是否正是自己等待已久的事件。而且，这正是描述这个梦的文本中唯一的真正事件。

　　看着看着墓碑下面居然冒出一条稚嫩的茎，向我斜伸而来，转眼间就到了我胸口的位置。我正思量，那摇摇晃晃的顶部，一朵看似歪头思考的花蕾，突然砰地绽放开来。纯白的百合在我鼻尖散发出沁人骨髓的芳香，这时在那遥不可及的天空，啪嗒一声落下一滴露水，花瓣不堪此重，摇摇欲坠起来。我探头过去，亲吻那滴着冰凉露水的白色花瓣。就在我把脸移开的时候，远处的天空中，一颗黎明之星正孤独地闪烁不定。

　　百合花确实是从女人的墓碑下面伸出的，正如其名"百年之后的会合"❶ 的"女人"。虽然是作为"花"这个隐喻的本体，"女人"遵守了约定，与"自己"得以重逢，但是我们不能称为事件吧。如果真是这样，那么我们只能说作者圆了梦，实现了约定，仅此而已。虽然实现了童话故事般的约定，然而这里还铭刻着一个约定中无法还原的事件，一个无关紧要却具有决定性的事件——毫无疑问，那就是露水的滴落。

　　墓碑下面伸出一枝百合，开出一朵纯白的花，接着被这个白色的形象所引诱，那是一股"沁人骨髓"的芳香。即此处暗示着我们"自己"正是这"骨"。百合是白的，骨头也是白的。或者说开头提及的"女人"那"微微翻出温暖血色的脸"的苍白，可以说此处是首次提及骨头的苍白。因此，那时"远处的

---

❶ 着重号为原文所加。——译者注

天空中，一颗黎明之星正孤独地闪烁不定"。没有动机、没有理由，仿佛是天降恩宠，从那遥那远的天空中落下了一滴露水。

从某种意义上说，这个不可思议的梦，也许仅仅是在等待那一滴天降的露水。凭借与"女人"的约定，实际上只不过是在渴望这滴露水而已。"女人"讲述的话语只不过是绽放着月光的珍珠贝壳，不过是"天空中坠落的星辰碎片""东升西落的红日"而已。这一切都在暗示着它们与天空的垂直关系。"女人"不仅要求"自己"等待，而且与那遥远天空有着超然性的关系。

有一点毋庸置疑，这滴露水，从结构上来看，是从将死之"女人"的眼中滴落到她那苍白脸颊的泪水。这个梦境、这个文本是以眼中流出的泪水与天空滴落的露水，这两滴水的落下为事件的主线编织展开的。泪水即"自己"之死。这样看来上天的恩宠也许就是以死亡去救赎死亡吧。人类的死亡必须得到救赎，如果死亡不能被救赎，"自己"也就无法接受死亡。代表"自己"之死的那滴泪——即使需要长年累月——如果不变成与那遥远天空滴下的露水——那一滴甘露的等价之物，人类就得不到救赎。

也许隐藏在我们灵魂深处的那些愿望，正响应着这个梦境、这个文本。天空中滴下露水，然后"花瓣不堪此重，摇摇欲坠起来"——这里首次将"自己"这个词用在"女人"、用在"花"的身上。但是此刻"女人"的分身与"自己"之间是否一定存在差异呢？"我探头过去，亲吻那滴着冰凉露水的白色花瓣"——正是此刻，"自己"亲吻了那流淌冰冷的死亡之泪的"女人"的脸颊。我欣然接受了"自己的死"。我深爱着这无法回避的死亡——如此一来"自己"和"女人"都已不复存在，唯有遥远天空中的孤星在闪烁不定。

大多数情况下梦境会降临在堆积着过去记忆的茫茫大海之中。它的本质结构是回顾往事、重复过去。然而本文反其道而行之，不借用梦的时间特点，而是借用其形式，可以说是对于自己最重大的事件——死亡——这一尚未来临，但一定会到来之事的观察，或者说预演，也许这才是值得讨论的问题。梦在这里预先发挥着救赎死亡的作用。这大概也是故事的作用，也是文学这种东西的本质作用吧。看起来似乎是在单纯地记录梦境，然而本文并非如此浅显，我们应当带着更深远、更精练的目光去阅读这篇文学文本。

注释1　此处的解释仅仅是依据给定文本中的要素，本文严格实行这种解释方法。即《梦十夜》中其他文本，或者该作者其他作品的文本要素都不在此解释方法所涵盖范围之内。本文虽然有引用弗洛伊德，但仅是作为辅助工具，并不涉及解释的实质。此外，（原文）引用部分选自人文书院版全集第二卷高桥义孝译本。

对于本文此处所尝试的解释，曾有人提问为何以女性的形象去映射"自己的死"。这是潜藏于众多创作活动深处的某种两性具有性或者说是两性的分裂统一问题。研究该问题需要参考夏目漱石其他作品，此处不作深层探讨。

注释2　若时间允许，此处也许能对另一个理论进行展开，且此理论的题目也许会定为""（引号）。

即如果想要对这篇短小文本的展开进行结构上的把握，无论是谁也要尝试如下的分析吧。

（1）第一行"做了这样一个梦"——这句话设定了全文的框架。当然也有人提出本文的主语是谁这个问题，这也反映了本文框架整体的模糊性与双重性。

（2）第二行开始从第二段到第四段末尾"我抱着胳臂，难道她真的要死了吗"——这里一个显著的特点是将女人与"我"的对话用叙事的方式写出，比如"我一直问她能不能看到我的脸，她说能看见，不就映在那儿吗，说罢冲我莞尔一笑"，这一部分引号没有出场。

（3）然而其后的部分，女人所说的话全部加上了引号。但是"我"的道白没用引号，处理方法与前文相同，都是采用叙事的方式；并且此处引号中女人的道白都是极具浪漫气息的故事性话语，而不是记述性的，即她用神话、故事性的语言来强调约定，强调这个言语行为。"珍珠贝壳""星辰碎片""在墓旁等候"以及"太阳的升起、沉没"这些都支配该文本的后半部分，这些神话故事般的象征作为故事的要素，都是在引号内部出现的。

（4）"我"接受了女人"故事的约定"（暂且这么称呼），于是文本朝着下个阶段迈进，此处即说明我们可以看出，在上个阶段中，女人的道白所囊括的所有要素，被叙述部分扩散延展开来，不断地被重复增殖。换言之"我"，以及文本正在侵入女人所设定的故事范围，从小说、记述性的话语潜移默化地转变为故事性的幻想。此外，自不待言，引号一直到最后的部分都没有登场也是理所当然的。

（5）再说最后一句，这是本文首次出现引号内的"我"的道白——"我这才意识到'原来一百年已经到了啊'"。将自己的话语作为声音去聆听，这个事件——鲜明地标志着"我"已经从那梦境中醒来的这一事件。故事的时间、梦中故事的时间"已经"停止。这个自己的声音位于故事的门槛之上，将自内向外突破了界限的这一刻铭记。

这样一来，在没有涉猎故事情节的情况下，我们从本文文本的框架以及不同等级的事件着手进行了阅读。即我们得以根据梦境的框架、故事的框架以及文本的框架这双重、三重框架——""（引号）——所囊括的声音突破了层层境界展开阅读。在文本的记号上，正在发生着文学所特有的事件。

文本与天邪鬼[1]

三、篝火与蹄——夏目漱石的《梦十夜》（第五夜）

　　蹄印至今仍残留在岩石上。模仿鸡鸣的是天探女。这蹄印在岩石上铭刻之时，天探女化作了我的敌人。

　　无论什么梦，都有个叫作"脐带"的中心。如此说来，所谓讲述梦境、描写梦境，大概就是用一些手法，在或许本没有中心的梦境中构建出一个中心，通过这个中心将梦境与现实联系起来。讲述梦境，就是一边解释自己或许已经做过的梦，一边深入其中，并且在其根底再次穿透、返回至意识性的现实中来——大体说来就是这种一系列的联动过程。《梦十夜》中第五夜的文本让我们开始思考这种联动。

　　事实上，从某种意义上讲，这个文本无疑只是讲了一个故事而已，然而这个故事由几个场景构成，并且场景切换之后，几乎无法回顾之前场景中故事的主要要素。因此，对于最初场景的故事是如何向后发展的，文本丝毫没有考虑到这一点，因此阅读这个文本——就如同做梦——丝毫没有给读者留下一个完整故事的印象

　　首先让我们将本篇的结构分为序·破·急三层来细读。

序——此部分几乎占据了一半篇幅，特点是极度郑重地描写，记述了该梦整体的拓扑学配置。故事时间设定在"近乎神话时代的远古"，"作为士兵的我，时运不济，被生擒活捉，拖到对方将军面前"。我坐在草地上，将军隔着篝火而立，问我"欲生欲死?"我回答说"绝不苟活"。于是，我直面了死亡——无论是时间上还是空间上——我都接受了死亡。闻罢此言将军意将拔出宝剑，这时"风中摇动的篝火从侧面吐出火舌"。以此为契机，面对即将到来的死亡，我喊了一声"且慢"。

破——面临死亡，又将其中断，使我心生犹豫的，是恋情。我说："死之前想看一眼我的恋人。"于是将军说："等你到拂晓鸡鸣。"至此，这幕剧首次设定了紧迫的时间。这是死亡之前的"等待"时间，并且，死亡已经是不可避免的，等死已经是既定的事实，这只是在等待"想看一眼"恋人的可能性而已。

不知这样说是否准确，大概决定这个梦的感情基调的，正是这一晚等待的时间。场景已经被充分凝缩。夜渐渐深了，将军与我隔着篝火，正在等待。她会来吗？——这不仅是我的疑问，也是将军的，在此层面上将军与我已经不再是对立的关系。将军——按照拉康的说法属于想象关系——正是眼前的另一个"自己"。在这承受着死亡逼迫的面对面中，女人到底能来吗？有什么事件会发生吗？最终他者成为这个梦的赌注。

大体说来，这个梦的主题，无论怎么说都应该是恋情。所谓恋情，就是面临死亡时仍然怀有"她能来吗"这种迫切的希望，是一种等待和期待的激情。这种激情也正是在我和将军之间熊熊燃烧的篝火的激情。所以说，这段内容大部分描述篝火也是理所当然。"时而传来篝火崩裂的声音，每次崩裂窜出的火舌，狼狈地舐向将军。浓黑的眉毛下，将军的眼睛熠熠生辉。

第一部

这时有什么人走过来向火堆里添了新的树枝，不久火焰又噼里啪啦地燃起。那是驱逐黑暗的勇敢之音。"

急——场景发生大转换。"我"与将军的身影已经消失，视点从这两个人，从仍在熊熊燃烧的篝火，转向那个被等待的女人的动作。女人牵着一匹白马，接着跨上马背一溜烟地穿过黑暗，策马长驱，直奔篝火。女人要来了，女人正在赶来。然而，在她到达篝火之前，在黎明到来之前，突然"响起一声鸡鸣"。女人勒紧缰绳，于是白马"前蹄在坚硬的岩石上猛地刻下了印记"。又传来一声鸡鸣，这次女人放缓了缰绳，白马屈膝前倾，于是女人与白马一同坠落深渊。

这里作为前段中心要素的将军与"我"都没有登场。二人的对立关系已经收缩至他们中间燃烧的篝火之中。而且，向着这烧焦了黑夜的篝火，女人一路赶来，但是这燃烧着的"她能来吗"——这种激烈的愿望，最终还是没能实现。"我"与敌军大将的这种对立组合，决不能与本来到来的女人会面。所以说和这个梦讲述的绝不是愿望的达成，不如说是愿望的挫折，可以说是这种坠入万丈深渊的感觉。"岩石下面是万丈深渊"——伴随着坠落，梦醒了。这个故事以一种将完未完的余韵收尾，也带给读者一种自然感吧。

然而事情并没有这样结束。作为梦的内容，本该到此为止，但是文本仍在继续。似乎意图超越梦的边界，有三个句子构成的"结"，或者说某种尾声紧随其后，这是对于梦的内容的评论。

结——"蹄印至今仍残留在岩石上。模仿鸡鸣的是天探女。这蹄印在岩石上铭刻之时，天探女化作了我的敌人。"这段话已经不是在讲述故事，而是在进行解说，比如"至今仍"这个指

39

示词，并不是指"近乎神话时代的远古"的时间，而是将我们
送回写作这篇文本的时间，这点应该很容易理解吧。"蹄印"至
今仍然残留，在写作文本的现在残留。恋情的挫折，那种失意
一直残留至今。或者说，正如文本描述的，对于途中并非出自
本意被中断的恋情，对这种恋情的欲望，这种激情，至今仍然
残留。这被期待已久的，在死亡面前打破与自身的对立这种稳
定关系的，这充满激情的相会和约定，虽然这个事件最终没能
实现，但是突然发生的这种运动的真正激情，它的痕迹仍残留
至今。

梦中的故事已经消失，然而受挫欲望的激情仍然残留。将
军、"我"、女人、白马都已经消失，但是那被中断的运动所残
留下来的痕迹，即只有"岩石上的蹄印"仍在残留。同时，文
本将挫折的原因，以一句"天探女"深度解析，即尾声中突然
显明了这个梦的主体。这个梦不是判决死刑的故事，也不是恋
情的故事。事实上，这是一个关于天探女，也就是天邪鬼的故
事，某种意义上讲，作者正是通过这个梦的故事来找寻自己内
心的扭曲。我们没有必要将这里的天探女与《古事记》等神话
世界中的形象进行重叠。重要的是，催生恋情的强烈欲望，一
生仅有一次的相会，这事件被天邪鬼般自己的心象挫败，这种
悔恨的感情如同"岩石上的蹄印"一般久远地残留下来。"这蹄
印在岩石上铭刻之时，天探女化作了我的敌人。"——"我"在
梦中本应和"将军"面对面，然而在梦境之外，在解释梦境的
语句中，"敌人"不过是自己内心的"天探女"，而且在这种永
久的悔恨或者怨恨深处，正是作为对手、仇人的"敌人"。

也就是说，文本讲述的是并不是弗洛伊德所谓的梦是愿望
的达成，这个梦中发生的是愿望的不充分，并且这种不充分的

原因仅仅是天邪鬼而已。这么说似乎不够明晰，我们可以把这种期盼、期待不充分的东西叫作天邪鬼吧。从这个层面来看，这个梦同时也满足了天邪鬼的欲望，可以说是充分满足了天邪鬼的欲望。

也许正是这样的，事实上，即使在梦中模仿鸡鸣的是"天探女"，但是文本本身并没有建构恋情的不充分性。女人驾着白马疾驰，一溜烟地疾驰。但是，女人的目的地不过是黑暗之中那篝火的明亮，并且这篝火如此般燃烧，"大概又有人往篝火里加了树枝，远处的天空泛起了薄明"。"白马盯准这明亮在黑暗中飞奔而来"，向着这拂晓一般的明亮飞奔而来。必须在天亮之前到达，但是到达之处只不过是如同拂晓一般的明亮，女人不可能在拂晓之前到达。

这里存在一个悖论。按夏目漱石的话来说，这里存在被称为文本的天邪鬼这种歪曲的欲望。它在满怀充分实现欲望激情的同时，又因为这种激情而渴望不充分性。不，应该说，对于文本，激情，不，只有激情的痕迹才是所有，为了将这个痕迹铭刻在岩石之上，可以说不充分才是它所期望的。激情的欲望产生，在它遭受挫折之时，这种激情在坚硬的岩石上也"猛地"留下了它的痕迹。书写文本，乃至文学正是以这种既充分又不充分的天邪鬼悖论为基础，文本常常处于自解的状态。

文本开头处，我们曾说过讲述梦境是通过解释梦境来深入自身深处并返回意识现实中来；并且我们对这个梦的理解是沿着梦境的叙述，最后的场景"岩石上的蹄印"正是所谓的"梦的脐带"。通过这条脐带，我们得以看清主体向着书写该文本的意识现实浮现的过程。我们这样理解的根据，仅仅在文本中带有副词形态的"至今仍"一句登场，然而在叙述结构中则从未登场，这种意义上看来梦境中未曾出现的"天探女"，正是一切的关键所在，这就是我们基于事实的依据。可是"天探女"不出现是理所当然的吧。这么说是因为"天探女"正是该文本得以写成之所在，从这种意义上讲，它正是作为文本本身，以不触及任何人眼目的方式，从一开始就显现出来。

不言自明的是，这是讲述的感染力，是尤其注重结合、转换的分节处的阅读理解，各种其他的可能性，特别是——这里提及一处值得注意的——将眉、发、眉、藻、房、鬣、尾等所谓"有关草的事物"与坚硬的"岩石般的东西"这两类进行强烈对比，我们仍然没有可能采取这种语义学的方式去进行阅读理解。但是我们摸索出的理解方式，至少可以提出作家或者有关文本主体的一个重要课题，在这一点上或许可以针对其他应有的理解方式主张自己的长处。

即从上述理解出发，我们——也可以这么说吧——从夏目漱石（的文本）看到了主体的三个时刻，并且可以说是彼此相互对立的时刻。

（1）指明文本中"自己"的欲望主体，期盼女人（他者）的主体。

（2）几乎是镜像式的，与"敌人"处于相对关系的"自身之死"、作为自身之死的主体、作为死亡这种绝对规则的主体（死的瞬间本身一般不能称为主体，但对于夏目漱石来说，将自身之死如此主体化，也是文学的必然过程）。

（3）前述两种主体关系化作动态的悖论关系，作为催生写作动因的天邪鬼的主体，文学的主体。这是上述作为欲望主体，欲望与背叛该欲望的欲望化作一体，借此过程，欲望的真正性被损坏，最后成为永远的"仇人"。

　　以上三种主体的关系图式是否具有意义，大概我们在阅读夏目漱石其他文学作品时也可以作为问题提起，在此我们无法验证。但令我们感到惊奇的是，夏目漱石至少通过这种方式，明确地意识到作为文学的主体性那本质的、言语行为论的、"丑闻"的结构。"这蹄印在岩石上铭刻之时，天探女化作了我的敌人。"夏目漱石写下这句话的同时，看透了欲望、死亡与文学本质的"丑闻"之间的关系——大概他对此既不能加以肯定，也不能加以否定——他确实陷入寡言与茫然的状态。对于我们读者来说，这篇文本最锐利的刀锋也许正是与"天探女"相关的寡言，似乎夏目漱石那深邃的沉默正在那里等候。

落款日期的时间错置

四、历史与虚无的圆环——三岛由纪夫的《丰饶之海》

　　草坪的边缘栽着一些树，大部分是枫树，也能看见通往后山的栅栏门。虽然正值盛夏时分，有些枫树上却隐约可见片片红叶，如同绿叶间燃起的火焰。庭院里零星散布着一些观赏石，显得悠然惬意，旁边的石竹彬彬有礼地盛开着。左边的角落里有一口滑车水井，还有一个青绿色的瓷凳，一看就被日光晒得滚热，坐上去怕是要被烤焦。后山山顶的天空中，盛夏的白云正高耸着那它绚烂的双肩。

　　这是一座别无新奇，却显得典雅、明快的庭院。蝉鸣如同捻念珠般响彻不绝。

　　除此之外再无其他声响，寂寥至极。庭院里一无所有，本多想着自己来到了一个没有记忆，也没有他物的地方。

　　庭院沐浴在盛夏日光里，一片静谧……

　　这是三岛由纪夫遗作《丰饶之海》四部曲的结尾。众所周知，这部作品的结束正意味着三岛生命的结束。这正是他想要表现的果断、决意、堂堂正正的死法，这样的死法也正与那"丑闻"相应。也就是说，这部作品是在三岛自杀当天早上完成的，这两个事件、两个终结之间的对应，或者说这种一致性正是三岛按照自身的意图刻意设计的。之所以这么说，是因为这部作品的空白处，这个文本的边界处，刻有表达该意图的印记。

如上文所记，该文本的最后部分，在那寓意深刻的省略号后面，紧跟着宣告该作品完成的印记——落款日期：

《丰饶之海》完结
昭和四十五❶年十一月二十五日

这段文字位于作品的尾声之后，但仍处于该段文本之内（这里的"作品"不等于"文本"），作者在他的"代表作"中如同署名，或者封印一般，将自己死亡的计划标注上日期。借由这个日期——或者说借由作家的绝笔署名——该作品的时间沿着日本近代历史横跨了三四个世纪，与现实中历史的时间纵横交错，紧密相连。

实际上，或许这样言之过甚，在无法欣赏古代浪漫之光辉的人眼中，透过"轮回与转世"，贯穿整部作品问题意识的根本明显在于这个故事（历史），即对该作品故事情节发生的可能性，以及对近代化进程发展之下日本近代历史的意义与价值这双重质疑。让我们回顾一下，这部作品的开头，即第一卷《春雪》的开头部分，是以日俄战争相册中的一张照片（祭奠得利寺附近的烈士）展开，并且文本明确标注了日期——"明治三十七年❷六月二十六日"。作品的最初一页与最后一页都铭刻着日期，作品严格在这两个日期的区间内过渡。开头那张开启作

❶ 1970 年。——译者注
❷ 1904 年。——译者注

45

品时间的照片上，印着上千名士兵，正中间立着一块高高的白色墓碑。即是说从作品的开头，那种质疑就跟死者，并且是死于战场上的人这般，在历史长河中或者为了历史而牺牲的人们紧密相关了。某种意义上说，正是这些死者向历史提出了质疑，因为将他们拉上赴汤蹈火、万死不辞之命运的不正是历史之名与国家之名吗？这张照片"用深褐色的墨水印刷而成"，它是第一卷《春雪》的主人公，其后化作灵魂，通过整部作品的轮回转世，附在了松枝清显身上。日俄战争结束时他虽然才 11 岁，但对那场战争有着深刻的印象——即使是因为那张照片的原因。而作为他的挚友，也是《丰饶之海》整部作品的叙述者——本多繁邦却只残存了一点记忆，"只能隐约记得被人带去门外，看那庆祝胜利的灯笼游行"。换言之，作品开头在历史意识、记忆或者意义上刻画了两个青年人的迥异，并且是由二人开始的全音阶排列——一方作为行为与激情的存在，另一方作为典范与智慧的存在——这正是构成作品结构丰富、情节多彩的生命线；并且经历了四卷的故事情节，我们仍然能够从作品的末尾读出二人的迥异和裂隙，它被原封不动地保存下来，只不过这时这种差异已经不仅局限于故事情节之内了，它们已然超越、打破了故事的框架，处于入侵的维度。

之所以这么说，第一，这个故事的结尾极富小说性格，实际上，否定整个故事的方法，是对于故事情节可能性的否认，即聪子在第一卷的退场，以及其后故事深处隐藏的禁忌之地所封印的人物。即已经成为月修寺住持的聪子，对深信自己处于故事禁忌之地的本多繁邦老人说她自己不认识松枝清显——而松枝清显正是聪子曾经的恋人。"……可是这位松枝清显，我确实未曾耳闻。恐怕根本不存在此人吧？为何本多先生您觉得有呢？而事实上这从一开始就是莫须有的吧，听了您这番话，我深有此感。"本多清清楚楚记得自己 60 年前曾来过月修寺，聪子却对他说："记忆这东西呢，就像魔幻眼镜，既能看到遥不可及的东西，也能将它拉得近在咫尺。"

毫无疑问，作为住持的聪子在这里不是单纯地忘记，也不是装糊涂。如果我们就此不作深究的话，仍旧可以将这月修寺与所有"尘世之缘"和地上之事分离开来，将它纯净为圣域，即我们预先设想的被故事笼罩的禁地。但是我们仍处于故事之中，伴随着住持这令人费解的话语，大概产生了对历史、故事的时间，进而是对故事情节本身时间的否认，从而放弃时间的概念。住持确实在故事中登场了，但同时也从中隐退，不再属于那里，这样一来便剥夺了这个故事世界的一切基础、现实和意义。在题名为"天人五衰"的第四卷中，故事情节自身衰退、解体。显然主人公安室透并没有被赋予美与激情之命运的真魂附体，但是给予这解体过程决定性一击的，来自"外部"，来自月修寺这个故事的"外部"，那个地穴中——不，是比这还要"外部"的庭院，在这个庭院里，记忆、事件都似乎变为不可能——他必须等待来自庭院的这个瞬间。通过自己的讲述，最后由住持引领，本多独自一人走上通往这虚无的庭院之路。

这样看来这个故事随着自身情节的展开，最终走向了自我解体，大概成了一个不可能的故事。同时作为记忆的历史（故事）、过去的事件、消逝的时间或者延续开来的历史（故事）都成为不可能，其本质上的虚伪被揭露出来。

但事情并非仅此而已。正如我们所暗示的，这个故事解体后，其结尾印证了其空白部分的双重日期——故事不可能完成的日期以及作者自身借助剖腹重生（这是不可能的）的日期，即这个双重日期再次打开、又封印了作品开头的裂隙——分隔行为与智慧的裂隙、分隔清显与本多的裂隙。作为小说开头的主要出场人物，二人之间的迥异，在作品结束之后的空白处，反映出作品与作家之间的迥异。作品内外的这种扭曲的平行关系，清晰地表明作者对于历史、故事的质疑这一隐藏于作品之内的动机，以及该动机如何化为作者自身之物。对于历史、故事的质疑作为作品的主题，已经溢出、超越了故事情节，将作家席卷而去。或者反过来说，作家不知受到何等的魅惑，居然侵入自己笔下的故事世界中去。从故事时间展开的一点，抓住这正确的一点突击进去。之所以这么说，是因为当日三岛给予自己的死亡，正与第二卷《奔马》结尾处主人公给予自己的死亡相同，都是荣光之死，都是以"天皇崇高"名义之死，都是借着共同体的神圣法名之死。

　　一言以蔽之，三岛做了充足的思想准备，准备迎接那些别人看来滑稽、荒唐的事情，但他毅然决然选择了死亡，这死亡从本质上讲则是在错误的时间。这个有意的时间错误，可以说是作家从自己的角度给出的，对作品中关于历史、故事的质疑的最终解答。显然那是一种拒绝和否定的解答，对于阿勋光荣死去之后的作品的展开——"战后"的日本历史以及后两卷作品的拒绝和否定。这宛如阿勋的灵魂，以及献上神圣之美的激情命运，作者将这些直接、正当地继承下来，化为自己的肉身。清显和阿勋继承下来的灵魂，最后轮回转世到三岛的身上。事实上，小说前两卷的文本丝毫没有质疑灵魂的转世以及爱与美之戏剧的传承。然而后两卷则把重点集中在追究主人公和其他人物是否继承了真正的灵魂。结果第三卷达到了一种肯定，这是好不容易由讲述者本多的欲望支撑起来的，一种模糊不清、谜团一般的肯定。第四卷则是故事本身发展成了一场大灾难。

此外，三岛自杀前半年，在一篇名为《小说为何物》的随笔中，阐述了他在完成第三卷时产生的不快感，"对我来说，写作的根本冲动总是来自这两种现实——作品世界与现实世界——的对比与紧张的关系。而这种对立与紧张则在这次的长篇创作中达到顶峰。"但是"随着《晓寺》的完成，这两种漂浮不定的现实之间的关系就已经落定，一部作品的世界完结之时，该作品之外的现实在这个瞬间灰飞烟灭。然而我从内心不想让它灰飞烟灭，对我来说那是极其珍贵的现实，它本是我的人生"。第三卷以"如暴风雨般袭来"这一令人意想不到的方式结束，与此同时，在作家的身上，发生了事件，即一种类似不祥之灾的"实在令人不快"的事件，似乎发生了一件使作家与作品的关系发生翻天覆地变化的事件。作品超越了作家的意图和关注——如果可以这么说的话——它决定了自身的命运。它的命运正好与"战后"日本历史的发展方向相呼应，在某种程度上自我解体，作为一种脆弱的东西出现。作家被从自己创作的故事世界、同时也从自己人生的现实世界中抛弃、放逐。因为引导故事的衰败，使其解体成为必然的，正是"战后"日本的现实，即集团神圣法则的丧失、美与激情之源的丧失，是平庸无奇的现实。

无论是从自己人生的现实，还是第一卷、第二卷故事中的"现实"，三岛都被拒之门外，并且被剥夺了"珍贵的现在"进而是"崇高的现在"，按照这个逻辑，那也是荣耀的、忘我的、神格化的现在，但是实际上那不过是作为往事的现在、想象虚构出的现在、他在第二卷主人公阿勋身上设定的现在，以及终极的、只能用终极表示的现在，三岛陷于不得不表现这些"现在"的穷境之中。可以说作家为了拯救终极"珍贵的人生",为了拯救这种飞跃之力,与自己创造出的人物合体,力图借此否认、删除"战后"的历史和故事,并使其解体;并且那时三岛化作的,不仅是从清显转世到阿勋身上的灵魂,同时还有那些战死者的灵魂,那些执拗地不停向历史提出质疑的灵魂。三岛也继承了这些灵魂,他尝试去选择死亡,然而时间错误正是这种死法的本质。这已不是以"天皇崇高"之名的死——尽管它是充满悖论和反常行为——不如说他在这至高等级中归还了法律的绝对性、重新赋予了其神圣性,正是为此他在这至高性缺席的场合牺牲了自己。

这样一来,对于历史的同一质疑却走向了两个完全相反的方向。一种解决方法是,正如作品所示,采用非时间性(achronique)的解决方法,是时间与记忆的解体和溶解,即到达那个虚无的庭院,到达那个终极的无为之地。另一种方法是按照小说线索的指引,作家自身接受了对于死亡的狂热,选择了"神圣化"的死亡这种时间错置(anachronique)的解决方式。但无论采取哪种解决方式,重要的是我们要知道故事情节,或者文学,在历史以及历史的共犯之处被否认、解体、超越。这即是文学的灾难、历史的灾难,这也正是对三岛这个事件的最终定性。这是一场灾难,是将作品、作家鲜活的现实、语言以及记忆从眼前拖拽到那远方的虚无中去。

但是,我们先不去考虑作者之死,把目光放在他出于自己的目的,而未采用的作品中历史问题的结果。月修寺里"位于南部的宽阔庭院",让我们重新质疑借此"虚无的庭院"表现出的终结——起始。

如果我们从作品最后延展开来的这虚无的起始出发倒着读

一遍《丰饶之海》的话，我们或许仅能得出这样一个结论：这部作品仅仅是讲述了本多来到庭院这个故事。从这个视角出发，这部小说的框架是嵌在两个庭院之内——本多与聪子最初相遇的庭园与最后相遇的庭院。事实上，那张"祭奠得利寺附近的烈士"的照片扮演着整部作品序曲的角色，故事由这张照片引发之时，是在位于松枝侯爵官邸的"宽阔庭院"，这里 18 岁的本多首次与聪子相遇。借着这次机会，本多与众人一同聆听了月修寺住持的讲经，这对于本多来说就是引领他进入佛教领域的仪式。换言之，尽管对于清显来说不是这样，但是对于本多来说，聪子一直就与月修寺，特别是与月亮紧密相连。在佛教传统中，月亮彰显着佛与宇宙之法的光辉，这点毋庸置疑。凡是阅读过本作品的，都不可能不注意到贯穿全作品的这两种光的形象光谱。一种是月亮的光谱，这不仅是佛教的传统，还跟女性、性密切相关。另一种是太阳的光谱，这与男性、行为以及权力或者天皇的至高性紧密相关，两者相辅相成，又彼此对立。这两种光谱在作品中发挥了各种各样的作用，这一点我们当然可以证明，但是我们此刻关心的是本多与聪子的最初相遇，对于本多来说至少成了他眼中远景的原型，也可以说呈现了本故事的一般结构。

作品的前景与中间确实充满了壮丽而激情洋溢的画面，但是从整部作品来看，深藏于后台的聪子与月修寺——借着聪子成为住持这一事件，两者完全化为一致。对本多而言，整部作品的远景朝着女性特质的理想，以及从宇宙终极法则的形象到标志展开。故事远景的消失之处就是月亮。这么说来，我们可以了解到，本多贯穿整部作品的行为，都是对于接近月亮，将其占为己有的尝试。特别是第三卷《晓寺》中故事有条有理地讲述了这一点，因为正是本多自己窥视、安装了远景装置，并借此试图去偷看、确认"月光公主"姜特帕拉的裸体。一言以蔽之，这部作品讲述的是本多对于"他者"的无限接近，这"他者"是基于聪子这个人物表现出的，是天上的、具有超越性意义的绝对"他者"。所以从视觉上看，本多已经不单单是这华丽故事的见证人、观察者或者讲述者，而是作为比以清显为首的主角们更加热情地向往"他者"的存在。这样看来那些华丽出场的主人公似乎只不过是本多的激情所产生的幻象，这也是唯一能够解释聪子否认清显存在的话语，本多对于那禁忌之女、禁忌之地以及禁忌本身怀有欲望，于自身设立了无数华丽的表象和虚构的剧场。华丽而丰饶的表象——然而正如同月球表面那"丰饶之海"（Mare fecunditatis）❶一般，事实上也许只不过是荒无人烟的空旷沙漠而已。

　　所有的实际存在，不过是由主观意识产出的表象。这是佛教法相宗的基本理论，在这部作品中，月修寺被设定为保守这条理论、这条佛法的场所。正是在本多与聪子首次相遇的那个庭院，月修寺住持用浅显易懂的话向在场的人讲解这条理论，但是只有本多真正领会了精髓。本来当时清显也在场，他却对那一刻记忆模糊，本多对那段讲经进行归纳，向清显复述道："住持讲述的是唐朝年间一名叫元晓的人的故事。他为了寻求佛法，翻越崇山峻岭，有时甚至在坟地过夜。有一次他夜半醒来，口渴难忍，便伸手去捧旁边坑中的水喝，他从来没喝过如此清凉甘甜的水。喝完他又睡了过去，天亮时分，曙光照在昨晚他

---

❶　汉语一般译作"丰富海"，是月球表面低洼的平原（月海）之一。——译者注

取水的坑中。令他意想不到的是，那水中竟然泡着一具骷髅。元晓胸中翻腾、恶心地呕吐起来。但此刻他突然悟出一个真理：心生则法生、心灭则人灭。"

这则逸事作为一篇铭文或者省略体的形式，可以说已经对《丰饶之海》整部作品进行了预告和归纳，并且这则逸事不仅是阐明唯识的教说，同时也暗示了印证死亡的幻想的无上快乐。不出现在眼前，则无法体味死亡之甘美。紧接着本多就急于提出问题，即针对这则逸事，也针对住持的讲经，"但是我感兴趣的是，顿悟之后的元晓，是否还能怀着畅快地心情喝下那水呢"。从某种意义上来看，这个问题是不合逻辑的。因为如果元晓已经"顿悟"，则"好喝"与"难喝"、"清凉"与"污浊"在他心里就一定形成了二元对立。但从其他意义上讲，这个问题又是不可或缺的。对于本多来说，问题在于自己凭借与聪子、与讲经、与月亮相遇而觉醒，内心升起对"他者"的欲望，这绝不是佛教关于"无"的教诲所讲那样将所有欲望都消灭、废弃。因此，这长达四卷的作品对于本多来说非常必要，对于他讲述关于死亡的幻象来说非常必要。避开冠冕堂皇表象的丰饶，本多或许最终到达了故事开头暗示的那个虚无之地——月修寺深处敞开的那个虚无的庭院。

从松枝侯爵官邸到月修寺的深院，这里发生的一切事件，似乎都只是由本多主观意识，准确地说是从他那客观的"他者"中滋生的欲望表象。在故事的欲望或者表象的欲望的催促下，故事情节得以编织，本多或许最终踏入了不存在任何记忆、任何表象的虚无之领土。这样一来，在遇见"炎热夏日之下熠熠生辉"的"显得典雅、明快的庭院"之前，即本多在作品开头松枝侯爵官邸的庭院即将遇见聪子之时，如文中所述，"某种预感席卷而来"，本多这时不正是对清显直言不讳地说："真是个好天啊。这样宁静、明媚的日子，真是一生难求啊！"本多在认识聪子之前，在知晓自己"他者"的形象以及自己的欲望之前，他大概仅仅是为了回到"宁静、明媚"的空间，而走过这四卷书的人生。时隔60年的岁月，再次见到聪子的脸时，本多觉得"聪子容貌的变化，仅仅如同从庭院那座桥上走来的人，从树荫处走到阳光下时脸上光影的变化而已"。同时，本多自己在这观光庭院中漫步，最终不是回到了原本"说来毫无精巧"可言，照耀于日光之下的场所吗？这样一来全故事的结局，不就变成随着本多步伐的移动，景色变幻各异的游园了吗？不论景色和表象多么具有戏剧性的变化，我们不是从一开始就知道这个故事的结局被完全局限在庭院之内，同时继续滞留在故事展开的空白处、滞留在那虚无的场所吗？

但是随着本多游园的步伐，一个巨大的、虚无的圆环被闭锁，然后又被打开，尽管面临终结，但不可能连一点残存的记忆都没留下。那是铭刻在作品起源的记忆，但那是绝不能被回收进表象之虚无化的记忆，是没有被吸入虚无之庭院的记忆。也就是说，那是"祭奠得利寺附近烈士"的照片，是死亡的表象本身的记忆，是只有清显才是遗产继承人这样的记忆。以"白木的墓碑"为中心本身，即代表了为共同体而立的纪念碑的这个记忆——正如我们之前提到的，照片是作为整部故事的序曲，同样，故事结束时，所有虚幻的表象被虚无的光辉湮没之后，在作品的边缘、文本的边界，它就像乐句的尾音一样，再次为作品盖上印记。这种方式带有决定性时间错误——如同为大家而立的纪念碑一般，记载死亡的这一微小印记，被铭刻于作品之上。

这样一来，这个圆环将所有的表象虚无化，而在作品的边界，这个圆环被另一个圆环——这次是作为历史的死亡之圆环包围、吞没。作品引领我们走向无为，消去所有的表象。但是对于作者，不如说他献上了自己的死亡，将其神圣化的同时，执着于将其自身打造成历史的代表、表象以及替代，打造成这样一个典型。他不仅没有将所有的欲望虚无化，反而沉迷于对历史与表象的欲望之中，朝着将自己神圣化的梦挺进。尽管作品将所有的表象判为虚无，作者却用过度极限的方式，试图表演所有的"representation"（表象、代表、代理、演出）中的"representation"。即虚无与死亡并不是一回事，这两者既不能统一，也不能融合，在这两者之间，三岛这个事件遗赠给我们一道致命的裂缝，它贯穿了日本所有伦理与美学。

作为作家，三岛赋予第二卷末尾主人公阿勋的切腹自杀——这一太阳般的荣耀光辉表象，则是在黑夜中进行的。"刀刃插进腹部的瞬间，一轮红日于眼睑后灿然升起。"然而昭和四十五年十一月二十五日那天，三岛在死亡的瞬间享受到怎样的表象，是我们永远无从知道的。

注释

（1）本文论述的基础源自拙著《虚无的透视法》（水声社）中最后收录的关于三岛由纪夫的论文《虚无的透视法》的注解部分。本文是对关于《丰饶之海》完成日期的讨论，在继承前文论述的同时，添加了新的论点。此外，关于第三卷《晓寺》完工时三岛所提及的"不快感"，请参照新潮文库版森川达也先生的解释。

作为断言装置的文本

五、救赎的不可能性与"只是"——坂口安吾的《白痴》等

可是我没有尝过不幸与痛苦之果，不知其中甘苦，也不晓得幸福为何物。反正我只是深切地知道，大概任何东西都不能满足我的灵魂。我，应该说是我的灵魂，只是作出一副无欲无求的模样。

虽然这么想，可是我仍像狗一般渴慕女人的肉体。我的内心潜藏着贪婪的魔鬼。无论何时，都只是，这样低语：为什么，所有东西，都是，这么无聊。真是一种令人难以忍受的空虚。

有时我会跟女人一起去泡温泉。

有那么一小段时间，我手里攥着一本《堕落论》，徘徊在闪耀着时代光辉的海底——"新宿"，对于当时的我来说，总觉得以第三人称的角度去评论坂口安吾的做法欠妥。不是说能不能、该不该评论的问题，而是说这种评论的方法。首先应该解决的是，能不能把坂口安吾的作品当作文本去阅读和理解。对于那个时期的我来说，安吾的著作不是文本，我甚至质疑自己是否读过。与其说那是应该阅读的文本，不如说它是块石头，是应该握在手里，然后扔出去的石头。如同站在街边向对面的黑暗里扔一块石头过去，"人活着，然后堕落"，"人是自寻苦恼的动物"，我手里握着

这些石头，向着生活，扔了过去，向着露骨的实质——那时它被认为是彻头彻尾的贫穷、愚蠢之物——扔了过去。

然而重要的是其速效性，而不是美、感动或者思想。这些语言在生活现场立刻变成了武器——面临生活的逼迫，总有我们不得不准备扔出语言的场合，总有我们不得不说点什么的场合，即使有时仅仅是为了断言眼前的现实，即使有时仅仅是为了说明一个东西的愚蠢。但那不是记述，这一点我们不言自明。叙述语言以连续的时间为前提，在那里，对目的论的时间确信不疑。或者说——想到普鲁斯特——叙述时间被从生活的时间中分离，所以，记述的欲望不断接近、试图找回那失落的生活，并且那里存在一种身体感受，那是被忍耐所证实了的欲望。

然而断言则与这连续的时间无缘。断言正是要求切断时间的连续性，既无过去也无将来，只是悬在这裸露的现在的深渊之中。这里既不能讲故事，也不能进行记述，因为并没有足够长的时间。这里只有性急的断言，只有性急的"只是……"。例如，"从那时起，白痴女就成了只是翘首期待的行尸走肉，外面的生活，哪怕只是一丝一毫，她都不去考虑。她只是这样等待着"（《白痴》），"我只是厌恶丑陋的东西罢了"（同上），"大平只是个调戏肉体的野兽，根本无视他人的人格……"（《外套与蓝天》），"……大平只是知道千丈的叹息而已"（同上），"只是一丝笑意，泛在信子的脸上"（《去恋爱》），"即是说，他只是个色鬼啊。只是个浅薄的人啊"（《战争与一个女人》），"思量一下，我觉得我只是自己的影子而已"（同上），"只是拥抱冰冷、美丽、虚无的东西，先不说满足不了肉欲，那种悲伤令人难以忍受"（《我想拥抱大海》），"只是，沉迷又厌烦恋爱，热衷又憎恶肉欲，这些总是必要的"（同上），"我只是迷恋这个女人的肉体，仅此而已"（同上），"反正我只是深切地知道，大概任何东西都不能满足我的灵魂。"（同上）——引用不限于此。安吾——至少是最具安吾特点时期的安吾——在他文字的各个角落，都充斥着"只是"这个词语。写作对于安吾来说，就是打上"只是"的印记。反复用"只是"断言，在这作为最强音的"只是"上，胸中的悲伤之情仿佛要迸发而出，他伫立于此，低语道："何去何从?"——这是他写作的基本构图。

何去何从？——但是这个问题没有答案。不，这本来就不能算作一个问题。对于一个不相信"去"这个行为以及"去"所需的时间的人，怎么能够提出"何去何从"这样的问题呢？安吾自身就不相信这个问题，所以不论什么样的回答，从一开始就被遗弃了。尽管这样，这种令人低语的悲伤来自何处呢？是从现实而来。但是，是来自他自己的断言，即来自这种限定现实的断言行为——"只是"这把刀将现实一刀两断。事到如今已不言自明，"只是……"这性急的断言，必然会把人推向"何去何从"的悲伤境地。这是一种作茧自缚、自相矛盾。实际上，"只是翘首期待的行尸走肉""只是冰冷、美丽、虚无的东西"到底存在不存在呢？大概存在"只是翘首期待的行尸走肉"吧，"只是冰冷、美丽、虚无的东西"也存在吧。但它们绝不只是如此，它们正是我们的现实，正因此我们才能去爱它们。如果把这个女人断言为"冰冷、美丽，虚无的东西"，我们就已经不能去爱这个女人了。说出"只是"的瞬间，我们就剥夺了自己在现实中行为的可能性。

从这种意义上讲，安吾就成了一个不幸的装置，这里不是说安吾处于不幸的境遇；而是说只能通过制造不幸，或者自身化作不幸这种方法才能了解现实。这就是"青春"，显然当时在大街上晃，手握一本安吾作品的我是不可能理解的。尽管处在同一结构之中，却无法发觉它。那时安吾给我的印象是：对于愚蠢的现实、贫乏的生活以及虚无的肉体的断然肯定。但真的是这样的，真的是那样的吗？安吾究竟在肯定什么呢？真的是在肯定现实、肉体和生活吗？如今我已经不这样想，不如说除了他自身的不幸，安吾没有肯定别的东西。"人活着，然后堕落"，说这话时，他并不是在肯定生活，只是生，即堕落形态的生，那不就是将生活认定为堕落这种不幸吗？说现实是"只是……"，岂止不是对现实的肯定，实际是对现实的否定，正是精神分析文脉上所说的否认（denegation），正是限制、包围、排除现实的做法，是在被现实不断入侵中守护自己这个不幸的存在。因此，安吾不介意现实的全然崩塌，在恋爱中受到重创不正是他的欲望吗？

即使这么说，也并不意味着安吾可以在自身的不幸中得到满足。如果那是真实的话，则安吾不可能从不幸中寻找满足。而且毫无疑问，安吾的不幸是真正的不幸。正因如此，那些寻求救赎的行为，都无法对他那不幸的渊源发挥丝毫作用。不幸，即精神的不幸，而这自我意识名下精神的不幸，正是一种恶性循环的装置。这样一来救赎这种不幸的方法，只是对于自己的一种单纯的、纯粹的肯定。只是一种被肯定的东西，是一种没有任何限制，作为自然状态的存在被而肯定；是无限制意义上的，无限但又单纯的肯定——除此之外别无他法。

我的不幸，精神的不幸，能够对着肉体断言说这只是肉体的，是精神。精神试图意识到自己已经被从肉体上分离。这样说来，安吾的不幸深深植根于肉体与精神的分离。或者更准确地说，与肉体隔离，从肉体分离，这本身就是精神的功能。现实中精神不能只从肉体中发掘，相反，精神只是梦想着、憧憬着成为纯粹的灵魂。其间并无任何联系，肉体和灵魂正是在精神所在之处被完全切断、分离开来。这与石川淳❶的想法大相径庭，他认为精神在运动中具有绝对的肉体性。

对安吾来说，精神就是分离本身，而且从分离的自身原理上讲，精神就是无限的不幸。在我们这个世界上，不存在只是肉体的东西，也不存在只是灵魂的东西。如果对存在进行无限制地、单纯地肯定，那已经是一种无法将肉体和灵魂分离的肯定，只能是不经分离或者制约的"只是肯定"而已。然而本应该被渴求的"只是"，在安吾身上反转开来，成为高于现实——分离肉体和灵魂的"只是"。"只是"一词所蕴含的两种截然相反的意思，理想与现实在这个词中反转交错，映照出安吾之不幸的双重约束。

因此，没有比安吾更为精神主义、形而上的作家，也没有作家像安吾这样将自己的根基置于肉体的对立面，也没有人如此傲慢地对待肉体。即使安吾描写肉体，并且是充满肉欲的肉体，他也并不是要肯定之，反而是要将其彻底他者化。肉体——不论是女人的肉体还是自己的肉体——都是他者，即精神上的他者。这里是说肉体在精神的绝对自我同一性上具有他者意义，绝不是原本意义上的他者。将肉体认定为他者，然后又否定——对于安吾来说，运动也好，性也好，文学也好都是那样的苦修过程。而令我们感到惊异的是，所谓的苦修正是堕落，最终是为了否定的堕落。

《堕落论》末尾，安吾写道："唯有坠入堕落之路，人们才

---

❶ 石川淳，日本作家，著有《普贤》等。——译者注

能发现自我，救赎自我"。对于处于"青春"正盛，迷失自我的人们来说，这是多么需要勇气的话语啊！对着生活与性的黑暗，能找到这么合手的石头扔出去吗？扔出去的石头，不知道会落到哪里去吧。然而如今我一直在静静地思考这个问题：活着并不是堕落。如果说是堕落的话，我们还能在此梦见什么纯净之物？但是，堕落并不是沦落，沦落怎么能说是堕落呢？在堕落之前，它已经成为一条"路"，成为发现自我之"路"。进一步说，为什么要寻求自我呢？自我是应该被发现的吗？这不是说不需要救赎，但是人们真的能够救赎自我吗？人绝不能救赎自己，那么探寻自身到底发挥着什么样的作用呢？如果我们试图发现自我，那么不就渐渐远离救赎了吗？即使救赎是可能的，那也不是来自我们自身，而是来自他者。那种无限制的、单纯的肯定，不正是来自他者吗？那并不是超越的、精神的他者，也许只是无意的、模糊的他者而已。但是无论作为哪种他者出现，在灵魂与肉体之间——如同烈火燃烧一般——作为分离的精神仍不会与他者相遇。为什么说精神本身并不存在，将肉体与灵魂分离是不可能的暴力——当我们知晓其中的奥秘时，精神就被瓦解、被消除，而这正是所谓的救赎。

《我想拥抱大海》结尾处，"我"与"肉体上决不知满足的女人"去了海边的温泉。"我们"在海岸处散步时，大海波涛汹涌，突然一阵巨浪袭来，瞬间女人从"我"的视野里完全隐去，被海浪吞没了。

　　那暗绿色的低洼处如同谷底般宽阔，从深处突然迸发出飞沫，瞬间将女人的身影隐去，我被这海水的嬉戏惊得瞠目结舌。比起女人那缺乏感动，只是柔软的肉体，我看到了更为缺乏同情，缺乏感动，更加柔软的肉体。那是大海的肉体，我觉得那是何等广阔、壮观的嬉戏啊。

"我"，以及安吾在此刻——虽然不能称为救赎——不是已经极为接近所寻求之物了吗？如今的我确实这么认为。比女人那"只是柔软的肉体"更柔软的，无限制的、单纯的东西，虽然缺乏同情，但是他靠近了那广阔、壮观的肯定。不过他无法像女人一样赤足奔跑嬉戏于浪潮之间，不能将自身托付给这单纯的肯定。这只是因为他还不能抛弃这种分离——将作为肉欲的自身与异于肉欲的自身进行分离。在大海这缺乏同情的肯定面前，肉欲究竟是什么呢？大海与肉体、精神的分离等没有关系。不论是怎样的肉欲，在此都被分离开来，化作无限渺小的悲伤之物。但是安吾并未向大海跨出一步，他只是做出如下断言，作为作品的结尾：

> 我的肉欲不亚于那大海的灰暗浪涛。我想穿过那波浪，想被那波浪拍打。我想拥抱大海，让她满足我的肉欲，我为自己冷淡的肉欲感到悲哀。

大海不只是肉体，不是作为发泄肉欲的对象而被捕捉的肉体。大海既是肉体同时也是灵魂。肉体不具人性，灵魂也不具人性。它缺乏感动，缺乏同情，但广阔而壮观。如此接近大海的安吾却绝对没有发觉这一点。虽然他是游泳好手，通晓水性，但是无法相信大海这单纯的肯定。站在大海边上，大海却被他夺去，毫无疑问地夺去了。与海浪嬉戏的女人留下的足迹，将大海抹去了吧。海边只留下了凝望大海，却不能与之嬉戏的他的足迹。安吾的文字不就是这样的吗？安吾的精神，像一根木桩，插在了海边。

这是我的精神所反映出的情景，是遥远过去的情景。蓦然回首，惊异于它从意想不到的远方临近。曲折的沙滩对面，立着个人影，像木桩一般。那个人是不是坂口安吾，已经无法确定。天空晴朗，可是大海波涛汹涌，蓝天之下，只是那愤怒的涛声向我的耳朵席卷而来。我朝着那远处的人影，挥动着手臂……

意象拓扑学

六、战争的幻象与同时代性——村上龙的《战争始于海的对岸》

菲妮从海上起身。为什么不画我呢？你又在盯着镇上看了吧，你眼里映着镇子的模样呢，我一看就明白了啦，你不是一直这样的嘛？你一注射可卡因不就变成这个样子了？眼睛红肿充血，小镇可是映在你这红眼里呢，我看到全镇好像都燃起了大火，每个人都在流血啊，这个小镇不是在等待它的祭典吗？每个人都在燃烧、都在流血、都在四处奔跑、仓皇逃窜。红砖砌成的建筑里，上校正在对士兵们说着什么。这个场面我都看过好几次了。我几次看到腹部中弹的士兵们，那些中弹的人不会立刻死去，这是枪伤最令人痛苦的地方，痛苦不堪却欲死不能，口渴难忍却无水可饮，那些将死的士兵却能喝到这最后的水，所以死亡的瞬间，他们被彩虹包围，脸上洋溢着安详的表情，他们深知自己即将奔赴另一个世界，没有办法、也不明原因，无论多么粗鲁的家伙都能这样安详地笑着。痛苦吗？即使这么问，他们也无力回答，只能摆一摆手而已……

战争。

从某种意义上说，村上龙的作品一直与战争有关。虽然是讲述战争，但他的作品绝对不是所谓的战争文学那样，反复描写过去的战争体验。因为作品的开头部分并没有对于战争的具体描写，所以严格意义上说，"讲述战争"是个不正确的说法。或许我们应该说村上龙的作品总是在讲述与战争相关的东西。也就是说，这种讲述并不是作为一种战争的亲历体验或者作为过去的事实。对于村上龙来说，战争说到底是他者们的战争，是同时代的战争；并且它不是作为讲述的主题，而是站在应当被讲述之物的立场上进行的讲述行为以及作为同时间、同时代的某种事物。同时代的他者之间的战争，无论是以明确的形式，还是以看不见的方式，都本质性地贯穿作品的讲述。讲述必须围绕并非其本身的战争进行，并且正是战争与讲述的这种共犯关系，形成村上龙文学的超群之处。

同时代的战争，以及战争的同时代性——这也许正是所谓"战后文学"的意识形态定义没有收录的概念。从历史上来说，我们的现实确实被规定为"战后"，但是从同时代性来看，我们的现实终究还是与战争处于同一时代。这里的战争很明显是指历史上的"朝鲜战争"或者"越南战争"，但是我们在提到"越南战争"这个名称时，多多少少已将其历史化，从而将其从我们的同时代性隔离并排除。问题在于它规定的不是历史、政治上所界定的这般那般的战争，而是我们现实的同时代性，但它是那不属于我们的战争，是遥远却迫近的战争，是散发着难以名状的强烈气息的"海的对岸"的战争。作家村上龙，在令人震撼的首次亮相以来，站在朝向同时代打开的敏锐感觉的最前端，经常给我们带来身临其境的战争体验。

关于这一点，村上龙曾用"原风景"进行论述。

不论是谁都拥有"原风景"这种东西。对我来说，那是一位美军基地中的金发女郎，她睡在一把躺椅上，脚下是绿茵茵的草坪。至于说我是否真的见过这场景，我自己也不清楚。大概是在照片或者画作中见过。

那是一个具有固定模式的场景。

我无法与那金发女郎交谈。因为周围有铁网，不能靠近，当然也不能触摸。我只是看着她而已。空气中飘浮着芳香的气息。那是阳光照射在草坪上发出的气息，是女郎耳后香水的气息，是家中飘来的肉与黄油的气息……女郎的背后兵营俨然，海军陆战队的士兵正穿着战斗服进行训练。又有音乐传来，是甜美的"Love Me Tender"。我所没有的东西，现在全都在这里，小的时候我曾这样想。女郎戴着浓重的墨镜，不知道她有没有朝这边看。我的身后，一群毫无表情的日本人正匆匆行进，来来往往。

（《美国梦》代后记）

这样说来，大概同时代的许多人身上都有这种不知在何处遇到过的场景，这种具有规定模式的"原风景"，但是在这"原风景"中，明显反映出村上龙文学中原型性的、基本的拓扑学原理。决定这拓扑学空间中的力学的，是那隔在我与基地之间的铁网。铁网在将人拒之门外，防止人触摸的同时，也开启、打通了其他感觉。那挑起欲望的各种气息，美妙的音乐，以及不知是否看向这里，只是盯着这个方向的成熟金发女郎——所有欲望的对象都在那遥不可及之处。对于"我"来说，那是同时代的第一层维度，即同时代不是由"我"在场的那些东西规定，而是由与我的欲望相关联，且并非我所拥有的东西规定。

不仅如此，铁网对面的世界，不单单是欲望的领域。那里同时排列着兵营，是作战训练的场所，女郎的身后，战争的领域正不断扩大。那铁网对面的草坪，看似一个和平的场景，其背后却隐藏着战场。"我"看不到那个战场。对"我"来说，战争被铁网隔开，不能接近，"我"被当作一个没有价值的东西隔离。虽然不是"我"的，但毫无疑问这是与"我"同时代的战争——这就是同时代的第二层维度。这个战争虽看不见，但是在铁网对面顽强地作为实际存在，它与金发女郎所在的充满和平、丰满的场景共同延展开来，这正是同时代的本质；并且这金发女郎所在的丰满的场景——如同一幅流行艺术的绘画作品——失去了厚重的现实感，一举化作表面的意象。即是说金发女郎所在的场景成为具有固定模式的"风俗"意象，不仅是因为"我"拒绝其现实性，也因为那不可见的战争，使其全体从内部开始空洞化。

也许正是这不在场的同时代战争赋予了"我"幻象。"我"在欲求铁网对面金发女郎的这个意象——它越表面化，"我"的欲望就越强烈，但同时通过这欲望，"我"只能将这被同时代所贯穿、不可见的战争看作幻象。对于试图处于同时代的人来说，那近乎是逻辑上的选择。之所以这么说是因为战争的地点不只在女郎的背后，同时在铁网的这边，在伫立的"我"的身后蔓延开来——这也正是"同时代"这个词语的意义。

如果我们把对意象的欲望以及战争的幻想这种拓扑学作为村上龙文学的基础，不得不引起我们注意的是，这里的同时代性已经被打上了"缺乏现实"的烙印。"现实"是现代日本文学的中心概念，而村上龙的小说完全缺乏这种相关性。小说已经不是作为现实的表现，而是同时代性的表现，并且同时代性与所谓的"现实"并不一致。它洋溢着现实，并且超越了现实。它超越了"我的现实"，不由分说地向铁网对面蔓延开来。换言之，"我的现实"被铁网遮蔽，尽管如此它仍是被置于一种关系之中：一种铁网对面的意象或者说幻象的世界与同时代性的关系——因为它是一种毫无关系的关系，所以某种意义上说也是一种暴力的关系，现实正是指这种事态。同时代性已经凌驾于现实之上。这种从"现实"到"同时代性"的转换，正是20世纪70年代的一群新人带来的潮流转向。但是比起现实，那些对同时代性和意象更为敏感的一群作家，其中村上龙在那同时代性的感觉中将"铁网"清晰地呈现于眼前，在这一点上他占有独特的一席之地。"铁网"切断了他的同时代性，"战争"正使他的同时代性空洞化。这里有他的苦痛，"铁网"以这苦痛为界限，将意象的欲望与战争的幻象带回来，并使其合为一体。

正如大家都能注意到，这样合为一体的结构不如说是以赤裸裸的形态呈现，作为《近似无限透明的蓝色》续作的《战争始于海的对岸》就是这样写成的。它切断了第一部作品中好不容易保存下来的一丝与现实的联系，完全是以意象和幻象写成，所以从现实这种传统视角来看，这部作品无疑是"失败之作"，但是对于要查明村上龙文学基础的我们来说，从前文所述的拓扑学来说，这是一部必然并且极限的作品。

这部小说基于非现实之强光，所有情节都在丧失现实的逆光中展开。随着那假想的海边一日的时间的流逝，幻象与故事在那强光之下被讲述，"太阳停止了在海面的跃动"之时，小说也到达了末尾。作为画家的"我"与作为摄影师的"女人"❶在海边邂逅。女人看见了那看不见的小镇，正确地说应该是作为幻象的小镇。故事抓住一些人群，讲述了一个充满污浊的小镇，在祭典后迅速解体为破坏和恐怖笼罩的战争景象。虽然讲述的方法与海对岸那《启示录》❷般非现实的幻象（故事）以及"我"与女人之间的故事不同，但它同样也是非现实的故事，虽然如此，故事最后"我"对女人说："喂，菲妮，明天咱俩去坐快艇吧，不要去拍溪谷的照片了"，借着这话，故事向现实的关系迈进一步，除此之外什么都没有发生——其间除了无生命的大海闪耀在猛烈的阳光之下，再无其他关系。在远方的小镇上，濒临死亡的"孩子们的惨叫"以及"被铁丝网缠住头的老人"历历在目，然而这些景象并不属于"我们"，跟"我们"全无半点关系。

---

❶ 正如"原风景"中阐明，叫作菲妮的女人绝对就是"金发"的。"金发"在这里是他者的最显著标识。这部作品仿佛强迫症般地重复讲述关于女人头发的事情，却绝对没有出现"金发"这个字眼。在女人身上用的笔墨，其中对她头发的描写从开头就占了大部分篇幅。虽然明确地暗示出她是"金发"的，但文中没有明确这样说。

"沙滩泛着橙色的光辉，在这里女人的头发就像挖得又小又深的洞。女人站在海边，她的头发梳成一个漂亮的圆形发髻。一个镶着金边的塑料的、也或许是象牙手镯……"女人的头发散发出金色的光辉，然而在更为强烈的阳光的照射下，居然一反常理，看起来像空虚的"洞穴"一般。这里即是说女人自身的存在就像这世界上"掘得很深的洞穴"。当然，海对岸的小镇，存在于这个"洞穴"的对面。小说结尾处写道："菲妮那修长的影子，已经如同沙滩上掘的洞穴一样消失不见。太阳已经停止了在海面的跃动。"菲妮的头发已经不再是"掘得很深的洞穴"，大概她的头发成为那美丽却平凡的"金发"之时，小说画上了句号，这也是理所当然的。

❷《启示录》——新约圣经最后一卷，相传为十二门徒中的约翰所著。——译者注

血都已被冲洗干净，那些沉默着、散发着尸臭，浮肿不堪的尸体已经被大海冲到对面来了吧。不，应该说他们在途中就消失了吧，已经被那些长着利齿的鱼咬食殆尽了吧，海水的盐分把骨头都溶解了吧，大海就是这样的。大海，一直就是这样横在小镇与我们之间。

这样一来，大海与战争、与我们断绝了关系。与此同时，我们不该忘记，向这狂乱的终结突进的人群，这个幻象，事实上，正是大海创造出来的。

破碎的太阳撕裂了海面。看见这光的粒子，我想到了体育馆内拥挤的人群，以及以前理科教室中显微镜下的发光细菌。这些一粒粒微小的光点，大声的呼喊以及微妙的温差都会使其抖动，又在转瞬之间湮灭，随后乘着浪在另一个地方重生。这数以亿计的光粒的集合体，如果去观察它的密度，感觉就好像一股橙色的光流向了脑海。它们闪烁着涌向耳朵、嘴巴、鼻子和眼睛。随后我听到一阵铃音，闻到类似火药般焦煳的气味，喉咙感到一阵干渴，视网膜仿佛被射穿，这些橙色的光粒好像天象仪中的繁星贴在我的头顶。我想人们说的先天盲人经常看到的红色沙漠，应该就是这样的吧。

这是小说开头部分，记述在"简直如同软饮料海报"般的海边女郎风景之后。在这海报般的表层意象中，"我"感觉到无数的"光粒"。这些"光粒"保证了所有映像的物质性，同时又是后文中描述的"紧闭的双眼中那闪烁不定的网膜上的光点", 最后又变为那些向着战争蜂拥挺进镇上的大批人群。而构成这篇小说幻象＝故事的人群, 正是"我"与女人之间的大海泛出的光, 是作为极限的物质性所孕育出的东西。女人记忆中的"明信片上的小镇", 映在中天的大海之光中, 迎接着被死亡欲望驱使而蠢蠢欲动的人群。一个明信片中平凡无奇的意象, 在这光的照耀下, 转化为狂热地奔向无意义的死亡的人群的幻象。这光使我们能够看见, 在它那令人惊异的强光之中, 启示录般的破灭、终结——那并非来自人间的残酷为我们"所见"——二者正是这强光所执意强调的。正如布朗肖❶的短篇故事, 这里光天化日之下隐藏着狂乱、恐怖和终结。正如女人所说, 所见之物并不是"梦"。"所见之物乃是真实", 虽然那是幻象, 确是真实的幻象。

作家的现实境况姑且不论, 这部小说, 从理论上, 可以说, "软饮料海报"以及"明信片"这两个意象是它的起源。整部作品的所见之物几乎都是盲目一致的, 在这种幻象的统筹下, 两个意象相互交错、变换。某种意义上来看, "软饮料海报"也好, "明信片"也好, 都位于铁网的另一侧。这两个意象以任何意象都未能描绘出的"我"所在的白色校园为界被重叠在一起。问题在于这个叫作菲妮的女人原本所属的那个小镇, 她向"我"讲述了那个小镇毁灭的故事, 准确地说是每个人的欲望与战争的故事, 是展现欲望与战争完美合一的终结的故事。于是"我"被邀请到这个隔海相望的小镇, 看到了故事的幻象。菲妮有时潜入大海, 而"我"则一直停留在沙滩上, 未曾踏入大海一步。

---

❶　布朗肖 (Maurice Blanchot), 法国小说家、评论家, 著有小说《黑暗的托马斯》、评论《文学空间》等。——译者注

菲妮属于大海，然而那片领域对于"我"来说则是一片禁地。大海隐藏着欲望和战争。大海是"我"的欲望，同时也是他者的战争。因此，我为了能够说出"喂，菲妮，明天咱俩去坐快艇吧，不要去拍溪谷的照片了"这最后的话，即为了能够跟女人一起潜入大海，看清与"我"隔海相望的战争的幻象——使之作为能够被我看清的幻想——恐怕是必要条件吧。那对于"我"来说是种入会仪式。所以，从这层意义上来看，这部作品讲述的是"我"为了能够步入"大海"中那片被铁网隔开的禁地，无论如何也要经过那死亡与破坏的幻象。或者反过来说，通过讲述那个幻象，通过书写那个幻象，"我"——或者说是作者自身——才能跨越铁网进入那片危险的领域。

尽管菲妮看起来不像摄影师，她的相机在开头处就被提到，然而在作品的结尾处，相机没能到溪谷就被丢弃了。但是这个相机中应该留有菲妮给"我"拍摄的两张照片。那是在铁网对面拍摄的"我"的影像。这谁也未曾见过的孤独影像，在相机以及这部作品这种密闭的视觉装置或者故事装置中，如同被埋葬到阴暗的地穴之中。❶

关于这部作品，还有好多话要说。但是这里我们只要一瞥印证战争的同时代性构图在作品中是如何浮现的就足够了。为了理解那种构图在村上龙的作品中是如何保持其一贯性的，我们还可以把目光投向《莱佛士酒店》。

---

❶ 这样是将作品，或者故事当作照相机一样的视觉装置，但是事实上这个"相机"并不是把远处的风景收进胶卷里，故事的结构，发挥着将本来处于"我"与女人之间的幻象——"你眼里映着镇子的模样呢/女人盯着我的眼睛"——与"海的对岸"互换位置，并写照出来的功能。幻象位于女人与"我"之间，实际上正是"铁网"所在之处。这样说来故事就是一种"逆向的相机"。

只能以幻象接近的战场，终极的欲望对象，同时隐藏着狂乱、恐怖与终结的非现实的女人，只能观看，仅以观看为使命的男人（又是摄影师）——这些都是"原风景"的拓扑学，或者说是我们从《战争始于海的对岸》中发掘的要素与结构。从某种意义上说，那些"原风景"在《战争始于海的对岸》中反复出现，但是铭刻这决定性差异的并不是那种反复，而是战争仍未开始这一事实。在《莱佛士酒店》中，战争已经结束。如果我们说这部作品有主题，毫无疑问那不是在说"恋爱"，这部作品只有一个主题，那就是战争结束了，我们与战争已经不是同时代的，同时代已经失去了战争这个场所。战争已经如同"越南战争"一般被赋予过去之名。与此同时，女人与"我"之间的铁网——它本身成了国界，成了潜在的战线——这个铁网不过由一名叫作萌子的女人那狂乱的异域性所支撑。这部作品的起源同样被认为是两个意象——对于男人而言是"柬埔寨战场那充满野性的兰花丛"，对女人来说是记载"我唯一尊敬的女演员病故了，死之前她的病愈发严重，最后的时刻，她用带有自拍装置的宝丽来照相机给自己照了张相，她把病房里的纸巾工整地撕成细小的碎片，然后两手捧着这些碎片倏地抛向空中，在那一瞬，她按下了快门"这两个事件的照片。无论是哪个意象，都不是作为以此出发，朝向终极破灭的幻象展开的契机，不如说这些只是幻象想要到达那些位于过去的意象所需的必要条件而已。

这么说来，《战争始于海的对岸》（1977）与《莱佛士酒店》（1989）之间，同时代的结构与气息发生了翻天覆地的变化。战争已经不是不言自明的了，同样我们的同时代性也不是不言自明的了。战争在哪里发生?❶ 我们的幻象之力应该朝向何处？战争不在"海的对岸"。这么说来，处于我们同时代性的战争，不是遍布于一切的"风俗"之中吗？正如美军基地中的女人，那个"原风景"的背后战争在持续。同样，充斥着我们日常生活的众多意象，其背后的浅显虚无中不是也潜藏着我们未曾命名的"战争"吗？但是，那时的战争究竟是什么呢？是什么人之间，或者什么东西之间的战斗吗？或者让"战争"的幻象褪色、失效、荒废的同时代性还存在吗？我们会提出许多这样那样的问题。但是这些问题，我们在阅读村上龙的作品时，已经在不知不觉中得到了答案。因为村上龙的文学在勇于涉险的同时，仍旧争取同时代性，并且想方设法力图在观看与战斗的同时代性中冒险。

---

❶ 此段写于 1990 年。一年之后，"海的对岸"爆发了"海湾战争"，时代的气息再次风云万变。

告吹的丑闻

七、诚实与自欺——大江健三郎的《人生的亲戚》

农场里的男人们串通一气，合伙教训了那个论武力皆在他们人人之上的彪形大汉。也许她会以同情的面容问我是否也干过那样的事。我不能不回答——关于真理惠的生涯，我已经可以将其理解为自己的故事，写成一部小说了……

无论怎么看这都是一件奇妙的事情吧。正如一个闭锁的大圆环，一部"小说"画上了句号，正当我们认为它已经结尾时，其后出现了，如同该"小说"的延长——按照讲述的规则，无论何种细微的因素也不能加以变更——另一个文本在延续，并且其名为"代后记"。评论与小品文暂且不谈，从我国（日本）出版的惯例来看，"小说"本不需要"后记"，然而在"小说"后可以填上作为"代替品"的其他文本，这种做法本身已经很奇怪了，这部分文本，实际上，严格地说，正是作为小说延长部分的文本，而且它向我们传达了这样一个信息，即原本应该完结的"小说"中存在被刻意删去了的事件，从这些事件出发进行想象甚至可以追加一个"故事"。于是，如此二重化的全体，清楚地形成一部作品，形成一部书。

也可以说这是一部带有尾声的作品，但是这尾声与其说宣告了作品的完结，不如说它包含了完结，使作品自身开始摇晃，陷入岌岌可危的解体状态。或者可以说，贯穿写作的根本性危机，在此以明晰的形式显现出来。这就使阅读作品的读者仿佛在某种程度上产生落空感，将读者弃置于一种离奇的心境下而不顾。

1. 小说世界中的作者——"我"的暧昧性

这里我们分析的对象正是大江健三郎《人生的亲戚》（1986年），如果我们通过某种奇异性、某种"暧昧性"来提起关于文学言语行为的各种问题的话，那正是——开门见山地说——基本上以第一人称"我"为轴心的言说，并且这里的"我"可以无限近似认定为是源自作者大江健三郎自身的"我"。通过言及身体有缺陷的儿子阿光，被称作"K"这一记号的"我"以及关于"我"的家族的设定——正如他自己在别处承认的❶——与其说我们可以看到作家大江个人状况的忠实反映，不如说读者是被诱导至此。尽管如此，至少作为"小说"，它与所谓的私小说不同，并不是以"我"的生为中心主题，姑且先这样认为吧。即作为"小说"，它充其量只是一部以一位叫作真理惠的女性为主人公的作品，记述、确认主人公的生，并寻问它的意义。不过，根据"我"的"记述、确认，并寻问其意义"的过程本身，它并非遵循小说规约的原型，透明地脱落，而是以进入、

---

❶　比如在收入《暧昧日本中的我》（岩波新书三七五，1995年）的演讲"《家族羁绊》的两义性"中，大江自己归纳这篇小说时，说道"……这封信送到了小说作者K，也就是我的手里，我就是这样写的"（p. 67）。

卷入小说世界的方式展开的。

这是如何实现的呢？接下来我们举出显著的例子以及典型的方法，那正是对于主人公真理惠来说——也是对于这部作品来说——应该被讲述的决定性的不幸事件。在此，"我"即作者如是说：

> 一年之后，对于真理惠家中发生的凄惨事件，报纸、周刊甚至电视都做了各路报道。之后我将获得的信息组织重编时，关于真理惠的内心，总感觉掺入了我自己的想法，染上了主观的浓重色彩。同时，我觉得对于遭遇那种事件的母亲的内心，旁人也是束手无策无从接近。所以，这里我并没有客观地重新组织事件的原委，而是姑且再次同真理惠一起生活，在那次事件之后重新展示完全成为孤家寡人的不幸丈夫的来信，讲述曾经发生的事情。

首先需要提到的是，作为这篇小说创作者的"我"，与被讲述的对象、主人公真理惠处在同一个现实世界，同一个现实性之中。作家的现实与小说世界的现实接合，彼此纠缠、混合。因此，与纯粹的第三人称小说的情况不同，作者不可能以主人公的视角去讲述主人公的一生。虽然作者写道"关于真理惠的内心，总感觉掺入了我自己的想法，染上了主观的浓重色彩"，但是在这种情况下，无论何种记述都无法摆脱由作者主观想法产生的偏见。"客观地重新组织事件的原委"在这种话语场合的设定下注定是不可能的。

同时——我正犹豫这里是否要指明这一点——从某种意义上讲，作者没有必要将那种客观的现实赋予真理惠的人生与存在吧。即是说真理惠已经先验性地与作者处于同一现实平面，并且作者的现实，正如小说中所详细阐明的，是拥抱身体缺陷的儿子的现实，带有浓重的现实气息。同时，真理惠就好像是作者的镜像一般，在这里被设定为一位母亲，她的儿子也患有同样的身体缺陷。可以说作者的现实性原封不动地移位到主人公的现实性，不仅是这部作品，对于该时期大江健三郎的"小说"，最显著的特点即是，小说的现实性并非由作品的写作赋予、形成，而是与作者的现实性纠缠、接合，成为不可分割的整体，借此在其外部得到支撑，而且这种现实过于沉重，正如作者关于真理惠所言，带有"旁人也是束手无策无从接近"的质感。

"旁人也是束手无策无从接近"——这里谈及的是真理惠的"内心"。然而"内"也好"外"也罢，通过这部作品，真理惠这个存在自始至终只能以"旁人也是束手无策无从接近"的方式被书写。

其一，如前所述，作为书写者的作者的现实与小说世界主人公的现实互相重合、结合，因此理论上讲作者很难以客观的方式来记述主人公的活动。为了弥补自己被严格限制的视角，作者设置了形形色色的媒介，通过这些媒介汇报的回路，以既非主观亦非客观的方式——结果不是用殊途同归的纯粹第三人称，而是用纯粹的第一人称，即如同书信一般，时常以讲述这种言语行为的方式，在这个层面组织明确的汇报——来重新建构主人公。真理惠的丈夫、真理惠的三位年轻友人，进而是作者的妻子和朋友、委托作者讲述真理惠"故事"的人塞吉奥·松野等人物，这部作品在作为故事讲述者的"我"的周围布下了由中间人和中介人拉成的蜘蛛网。这些中间人的来信与证词——其中也有真理惠的信——如蒙太奇一般被编辑，通过这种方式，他们成为间接的作者，并且总算可以不背负责任地讲述真理惠的人生。

其二，将主人公与作者置于同一小说世界的现实之上，不能说这样做没给他们直接交涉的机会，但是这些机会提供给二人的，只是某种程度的擦肩而过，并且最终归结到性意味的维度上。即作者一方面描绘了作为母亲的真理惠，是如何在遭受两个残疾儿子殒命这种不幸之下化身为某种"圣女"的，另一方面——以与其不可分割的方式——描绘了她如何作为充满性魅力与活力的存在。对于作者，主人公首次作为美丽、诱惑、性感——作者将其归集到"贝蒂娃娃"❶的形象上——的存在。作者在最终却绝没有将这种后者的关系，即自身成为小说世界中行为者的可能性，与不同维度下记述一个"绝对的不幸"的命运这种前者的关系进行颠倒。真理惠与作者的性关系，在开头的部分，已经通过她与其他男人性交时的录音磁带明确地定位在第三人称的维度上，并且磁带里的声音是否真的是"她"，作者对于其真伪也叙述得暧昧不清。

其三，从第三人称维度以偷听的方式窥见真理惠的性关系——那是第一人称与第二人称的关系吧——作者进而以更加直接的方式做了重复描述，在作者位于北轻井泽的山庄，真理惠带来一个名叫安吉尔·萨姆的美国人，作者与阿光一起在隔壁的房间偷听真理惠性交时发出"嗯嗯的呻吟声"。这是作者最接近主人公的场所，美国人走后，从真理惠诱惑主人公的这段

---

❶ 即 Betty Boop，美国卡通明星，由美国费雷兄弟工作室（Fleischer Studio）设计。——译者注

对话文本来看，她提出了如下"建议"——"今后不能和你一起过夜了吧？这样的话打起精神来再做一次吧？阿光正在睡觉呢，我们偷偷地好吗？"于是作者做出如下回答，"……当我还年轻时，受到赤裸裸地勾引却无动于衷，这样的情况有过两三次吧。过后一直后悔，那个时候明明有机会……然而现在做了也好不做也罢，都会有一种怀念之情，两者没有太大的区别，是我到了回忆的年龄了吧"。结果两个人"没做"，即作者回避了真理惠，没有触碰那诱人的肉体。行为没有进行，事件没有发生，也就是说第一人称与第三人称之间的维度保持了断裂的状态。最后作者没有作为主要登场人物嵌入小说世界的行为连锁中，而是保留在一个外部记述者的位置。但是作者回避那种行为，行为也好回避也好真的是"两者没有太大的区别"吗？借着这种视二者为同一的理论，我们可以断言作者即是发生了行为，因为发生与回避"两者没有太大的区别"。

作为行为主体，却认为行为发生与没发生等价，并且凭借这种言论，最终没有进行行为——即在行为的真实性上来看，这是行为的告吹（misfire），但是——比如说小说——在超越事实性的记述维度来看，却等同于发生了行为。行为确实没有发生，但同时它的告吹被确认、解释，借此该行为得以发生。作者对于"旁人也是束手无策无从接近"的真理惠的"内心"，在形形色色的中间人拉开一张报告组成的网，通过这种蒙太奇的回路，从某种意义上讲以一种不可触及的方式触及真理惠的"内心"。同理对于真理惠的肉体，通过特别的言语行为悖论，也以不可触及的方式触及了。

2. 文学的丑闻

这里我们或许应该明确一下对于这部作品的疑问。某种程度上讲我们还未曾阅读这部"小说",我们还没开始阅读作者以"小说"形式向读者呈现的关于女主人公真理惠一生的记述。我们止步于阅读,将目光倾注到这部小说记述的结构以及该过程,事实上,这部作品执拗于播撒自我参考(self-reference)的痕迹。在文本的各个场所,作者不停地以"我现在要为你们写一部以一位不幸的女人真理惠为主人公的小说"来唤起读者属于元层次的行为论指标。这样读者一边阅读真理惠的人生,同时一边可以不停地感知作者"我"的存在,不,应该说只能感受到"我"的存在。这样的话,到底这里的"我"——如前所述,在小说世界的内部,"我"被认为除了自我参考性地书写之外别无作为——到底在此做什么呢?如果说"我"正在做什么的话,我们难道不能把这部小说当作"我"的"小说"来阅读吗?那时我们在这里能读到什么呢?我们关心的是,通过书写、言说第三人称的事实确认性、小说性的文本——并且特别是这里的"言说"也是以事实确认性写作的——作者究竟完成了怎样的行为。

凭借对行为事实确认性文字的言说,或凭借对言说行为事实确认性文字这种行为进行事实确认性的、自我参考性的言说,究竟发生了什么行为呢?——这个问题已经在言语行为理论的射程之内了。现在的问题是:发生了怎样的"丑闻"呢?

在将奥斯汀❶所提出的言语行为理论应用到文学的各种尝试中，《讲述身体的丑闻》当数最令人震撼的一篇，该文中苏珊娜·费尔曼❷将奥斯汀的言语行为理论化的自身与莫里哀❸《唐璜》中的诱惑行为重叠，阐明言语行为理论的核心本质被"丑闻"占领。即从言语行为理论阅读、理解的内容，不应是事实确认性的发言和行为完成的发言这种言说、语言学上的分类区别，而应是语言这根本性的丑闻性格，它的同一性在行为与记述、自我参考性与对象参考性之间不断地被摆动并搅乱。语言是丑闻性的，这种丑闻是由参考对象的"逸失"与"告吹"的本质可能性规定的。在这关键之处，费尔曼引用了拉康的精神分析理论，做了如下论述：

> 唐璜的神话问题正是肉欲的东西与语言的东西之间的关系问题，即使这么说，丑闻不存在于这种事实：语言的东西通常就是肉欲的东西。倒不如说丑闻存在于这种更加具有丑闻性的事实：肉欲的东西通常是语言的东西。换言之，语言长期居于逸失的行为之中，因此身体丧失了自身，比起性，丑闻更存在于语言之中。借着逸失的行为，身体的行动经常逸失语言，与之相对语言却没有逸失行动。因此，正如拉康所说，即使"言语"（法语 Langage）是"普

---

❶　约翰·朗尚·奥斯汀（John Langshaw Austin），英国哲学家、语言学家，代表作《如何用语言做事》。——译者注

❷　苏珊娜·费尔曼（Shoshana Felman），法国后现代女权主义者，代表作《文学的主张》。——译者注

❸　莫里哀（Molière），法国喜剧作家、演员、戏剧活动家，代表作《无病呻吟》《伪君子》。——译者注

遍具有猥亵性"的，与其说言语行为（法语 Langage）通常包含性行为，不如说人类的性行为通常包含语言（法语 Langage）——言语行为（法语 Langage）是身体的叙述行为。叙述的身体只有在叙述的时候才能存在，其自身，或者说自身搬运的火种到底是现实中的"物"，还是说仅仅是"事件"，我们无从知晓。❶

丑闻存在于语言之中，并且语言通过自我参考的特性，不断逸失讲述的参考对象——我想把这个对象最终归结于"身体"，并且是"他者的身体"。大概文学这种言语行为，通过语言本质的丑闻这个领域乃其宿命。首先，言语行为"包含性行为"。比如说作者想要讲述参考对象真理惠的同时，不可能不触及真理惠性感的身体，她的身体丝毫没有被遮掩，而是完全如实地（de bonne foi）被讲述出来。而丑闻正在于此。

但是，还存在"更加具有丑闻性"的东西，那就是二人的性行为——严格地说是这种行为是否发生——直接"包含了语言"，并且借此完全收回到语言中去。即在语言中，将"告吹"与"行为"等价起来的公式——成为这种"然而现在做了也好不做也罢，都会有一种怀念之情，两者没有太大的区别"的宣言。不消说这不仅仅是"告吹"的正当化。因为至少从写作来说，它是否"告吹"已经不是我们能够决定的了。行为与非行为之间的矛盾通过小说世界与书写行为之间的扭曲接合，通过这种接合将它们在两种意义上的暧昧性中统一。这里还有一个

---

❶ 苏珊娜·费尔曼. 讲述身体的丑闻［M］. 立川健二，译. 劲草书房，1991：145-146.

丑闻，小说现实世界的内部好不容易回避了这个丑闻，但是这种回避与告吹本身被提及，并且告吹与行为之间的等价性逻辑借此被断言，这种未决定性自身成为一个丑闻，化作文学这种言语行为的丑闻。

也就是说，《人生的亲戚》这部"小说"，一方面，从记述的维度来看，想要讲述主人公仓木真理惠的故事，另一方面，从行为的维度来看，带有由书写产生的丑闻，这个丑闻甚至威胁到故事记述的可能性以及小说作品本身。

3. 双重 V 字手势

实际上，如果并非如此，我们——这样一来终于可以回到最初的动机上来了——究竟为什么能够理解作为"代后记"的奇异文本呢？

在这短文本之前，故事已经华丽收尾。真理惠——虽然没有讲到真理惠的死——已经走到了人生的尽头。不仅如此，以真理惠自己的语言讲述的故事，事实上揭露并保证了"K 君"即作者自身"正像了解自己的故事一般"创作的这个故事。这里的操作很巧妙，故事以第三人称真理惠视角讲述的同时，也成为以作家第一人称视角"正像了解自己的故事一般"的故事，真理惠自身——但是是通过朝雄君这个中介人的书信——的语言，在这篇文本的叙事部分，被标注了着重号进行强调，然而在数行之后，在不知不觉中被缩短成了"作者自己的故事"。即它不再是真理惠的故事，不，应该说它是真理惠的故事，同时也是作者自己的故事。作者这样对真理惠保证，在保证之后，文本确认了一个事实，那就是真理惠已经不能发声，并且这是由作家的想象断言的事实。

且说关于仓木真理惠的生涯，不得不说我正像了解自己的故事一般写了下来。在我不曾获悉的这五年间，真理惠接受世界已经演化为超感觉的（intelligible）的东西了吗？即使我赶到了瓜达拉哈拉❶市立医院，也不能打听出事情的原委。即使我质问真理惠，这位皮肤发暗的"贝蒂娃娃"也只能泛起一丝微笑，眼睛如无底洞般深邃，默不作声吧。

我怀疑是否能够把那 V 字手势都从她的快照中提取出来。对于我来说，我只能以这张姿势奇特的照片为线索，把企图独自死在墨西哥的真理惠肖像，作为我故事的结尾。

以自己的故事表现人类世界，并不意味着我将其视为超感觉的，倒不如说正好相反，我是站在经验之上的。表达这段故事的，不如说是那黑瘦的手所摆出的不可思议的 V 字手势，并且是通过伴随着某种华丽而微笑，最终在病榻之上的真理惠提示出来的，我觉得这个故事只能通过这种方式凸显……

她已经不能讲述了。她仅能浮现出一丝微笑，但是不能发声。作家怀疑"是否能够把那 V 字手势都从她的快照中提取出来"。但是，尽管如此，带有不可思议的"V 字手势"的照片存在，提示它的正是这个故事，它似乎正是作为小说的最终目的被讲述。对于真理惠的故事，按理说，"V 字手势"似乎是不可能的，但是，作为作者"自己的故事"来说何止是可能，简直是必然的。即它是一种奇迹般、神秘记号般的存在，在诸多不

---

❶ Guadalajara，墨西哥中西部哈里斯科州州府。——译者注

幸之后，尽管如此临近死亡的人——它不关乎宗教的神秘，并且是否为人类的意志尚且值得怀疑——对于世界留下了一个断然肯定的征兆，这也正是这个故事原本的最终目的。这个手势无疑是胜利的手势。同时，正如文本所表明的，正是这部作品的题目《人生的亲戚》（Parientes de la vida）中的"人生"（Vida）。

故事到此画上了句号。实际上故事最初连载在杂志上时，到此便收尾了。但是两个月之后在其他杂志上以《大男子主义的日本人》为题目发表时，这段问题尾声的文本出现了，随后又以《代后记》收入《人生的亲戚》单行本中。双重故事——既是真理惠的故事也是作者自己的故事——的完结被从内部打破，作品借此得以延长，或者被重写，动摇了之前结局的优美，使其陷入危险之中。

这里再次重复了二重性与决定不可能性的操作。即《代后记》的中心是两部拍摄于墨西哥的录像，它——即是故事的完结，超越了终结的境界——被寄送到作家身边，同时又没能被寄送到作家身边，它正是处在这种二重状态的出发点上。

之所以这么说，是因为那两部录像当中的一部在从墨西哥带到日本时，被海关扣押了，所以无法寄送到作者那里去了。但是作者告知了我们那部录像的内容。这里作者再次引用了"朝雄君刚刚寄来的信"，宛如将画面呈现在自己眼前一般，记述如下："她骨瘦如柴——病床的枕边仅有的装饰，是墨西哥民间的白铁皮工艺品骸骨入浴——皮肤黑得油光锃亮，没有一丝污垢。裸体正悠闲地躺着，令人惊奇的是，似乎在用左手的拇指和食指测量那团丛生的阴毛……"这已经不再是一个"V字手势"，现在这个手势已经不是贴在胸前，而是贴在那裸露的性器官，向着我们做出一个倒着的"V字手势"。

到此，任何读者都会从这段文本的记忆中回想起这一点：对于"我"来说，真理惠经常以她那过度浓密的黑发以及黑毛，作为魅力的形象显现。实际上，独自一人在墨西哥城的"我"在梦中偷窥真理惠那"湿润的黑色阴毛，翻卷着覆盖在皮肤上"的性器官，做这个梦的其中一个动因是，我"与真理惠在游泳池一同游泳时，看到她奋力打水时交叉的大腿根部，那里的阴毛随波摆动，泛起黑影，抑或是看到了贴在大腿内侧皮肤上的阴毛"。再者，来到美国后真理惠的来信——严格地说应该是寄给作者妻子的信中附带的笔记——当中，真理惠说"从K先生的小说来看，我知道他偏爱年轻女孩的阴毛"，并且特意邮寄穿露腿泳衣，阴毛外露的黑人少女照片。从某种意义上讲，这是真理惠赠予作家的"阴毛"，可以说作家让这个礼物超越了故事的结尾，随后在"代后记"中将其作为真理惠自身的形象接受。这里的真理惠犹如"黑人少女"一般"皮肤黑得油光锃亮，没有一丝污垢"。在这超越了故事的结尾的空白之处，在这乐章的尾声之处，作者首次将胸前的"V字手势"翻转，使其成为另一个手势，这是与自己的"偏爱"和欲望相呼应的，另一种演出的落幕。

不过我们不能忘了，虽然要不停地重复，这种欲望完结的场景，来自真理惠最后的性的赠礼，这个事件既发生了，又没发生。寄送这个事件既发生了，又告吹了。录像虽然寄出了，但是在国界处被拦截，没有到达作家的身边。录像的内容却完全传达过来了，所以送达与未送达之间没有任何差别。录像已经送达了，但同时送达的，不过是作家"自己的故事"而已，没有任何确定的现实。存在于这里的，又是"做了也好不做也罢……两者没有太大的区别"这个理论，不，准确地说，是言说这种理论的行为。

4. 诚实与自欺

不管录像是否真的寄送到，因为录像的内容已经被讲述，对于小说来说——对于小说的读者来说——已经等同于寄送到了。录像已经发挥了效果。尽管如此，对于这种效果，作家巧妙地逃脱了的，仅仅是责任。"做了也好不做也罢"——从效果来看大概相同，但是责任的话恐怕是完全不同吧。

责任？——是的，这大概让人觉得不可思议，但行为成为问题之后，随之而来的是不可避免的责任问题以及道德问题；并且这不仅仅是小说世界中能够发生的关于真理惠与作家之间性行为的责任，因为如果是这样的话作家已经将自己困在真理惠的现实之中，事实并非如此，它充其量是创作小说的作家的责任，是作家对登场人物的责任。

举个例子，这里我们回顾一下米哈伊尔·巴赫金在《陀思妥耶夫斯基诗学的诸问题》中提到的复调小说。在这里不存在登场人物与作者之间的维度差异的对话空间，为了保证这种对话性，作者在其责任的要求之下，对于原本连作者都不应知晓的登场人物的行为与语言，都要加以把握和表达。如果作者不直接触及登场人物的语言，就不能发起真正意义上的对话。如果作者没有意识到应对对方负责，对话就无从存在。

说实话，阅读这部"小说"时，最令我们惊愕、感到不可思议的是，它是大江健三郎——一位不可否认的"伟大小说家"的作品，但同时我们阅读的，实际上只不过是作家"自己的故事"而已。表面上看，作品的空间具有形形色色的媒介网络，借此创造出最具对话性的空间，其根本却是几乎自闭的独白空间。这的确不是被巴赫金置于陀思妥耶夫斯基对立位置上的托尔斯泰式的那种独白。那绝不是"上帝"视角的故事。尽管如此，它的确是"我"通过读奥康纳❶、巴尔扎克、略萨❷等形形色色的作家，以及与之处于同等水准的形形色色登场人物的来信、听取他们的证词，从而形成一个庞大拼图般的独白。这里的确不存在"上帝"，也不存在他者，存在的只有自始至终都诚实（bonne foi）的大江健三郎。

这样说来，我们已经站在评论大江健三郎的角度上。如果考虑到作家对于登场人物的责任，他虽然意欲创造出这种责任所强烈要求的形式空间，但实际上无法与之响应。借此作者把原本从一开始就没有承认的问题发配到登场人物真理惠头上，让她肩负这个问题，并试图让她解决这个问题，在这最后的一瞬间，作者将其替换成"自己的故事"、自己的解决方式——什么都不解决的解决方式。具体地说，问题在于信实（foi）、信仰，以及支撑它们的神秘——秘密仪式。作家在某种意义上公开承认自己不曾拥有这种秘密仪式——即使在文本中——并且试图触及这种信实的神秘，以这种手段来讲述真理惠的故事，尽管如此，那并不是作家自己不能相信的立场在某种意义上的崩坏，绝非直接——如果存在这样的东西——触及信实的核心，并且我们要问的是，这一切不都是在宣告"接触"与"不接触"等价的理论吗？

---

❶ 弗兰纳里·奥康纳（Flannery O'Connor），美国女作家、短篇小说家、评论家，代表作《智血》《暴力夺取》。——译者注

❷ 马里奥·巴尔加斯·略萨（Mario Vargas Llosa），同时具有秘鲁与西班牙国籍的作家及诗人，代表作《绿房子》《酒吧长谈》。——译者注

信实成为问题所在，但是作家从头到尾都在讲述不信实的东西。这里虽然有"诚实"（bonne foi），但那只不过是——正如萨特严密分析的《存在与虚无》一般❶——与"自欺"（mauvaise foi）合为一体的"善信"（bonne foi）。换种说法，大江健三郎沿着"诚实"的必然性逻辑，并且完全没有区分其与"自欺"的区别，将这种"诚实"推向终结的场所。这也正是他"自己的故事"的动力所在。真理惠关于信实的故事是自我编织出的，而这"诚实"突破了这个故事的完成，并且继续作用下去。在故事完成之后，还以某种尾声的形式，夸耀了自己的深层的"诚实"——与"自欺"毫无差别的"善信"。这么说来，甚至连"诚实"自身都后悔进行了自我批判。

举例来说，这种自我注释并不是直接进行的，而是通过其他文书的媒介，让我们来阅读下面这篇以略萨的《世界终结战争》为契机创作的文章。

　　大部分小说，在我读完时大体会产生感动之情，然而在其根底我感到一种落空感，只有这样我才能意识到自己是如何真切地想要触及说教人的秘密仪式。我把这种感觉写在给朋友奈利达的信中，从圣保罗寄回来的明信片充满南美女性的辛辣幽默，丝毫不带任何宽慰之情，上面说：

---

❶　参照让·保罗·萨特《存在与虚无》第一部"虚无的问题"第二章"自欺"。以结尾处为例，"在自欺中，没有讽刺的虚伪，也没有精心准备的虚伪概念。但是，自欺最初的行为是为了逃避自己所不能逃避的东西，为了逃避存在于某处的东西。然而对于自欺来说，这种逃避的企图揭示了存在内部的分裂。自欺自身想要成为这种分裂"（人文书院版全集·第一分卷，松浪信三郎译，第202页）。我们在这里讨论的，可以说正是这种"分裂"。

本应长了一岁的 K 先生，这段时间居然像一只可怜的"迷失的羔羊"般生活，真是让人悲伤含泪。

即从任何意义上讲都没有信仰的我，不能确信他人所写的东西中说教人的新教导。同样，在自己写的东西中也不能容许圣女的存在，并且向着深处所缺少的某种东西，作为毫无价值的"迷失的羔羊"，紧绷着神经一动不动地茫然若失，体验着时间的流逝……

读略萨《世界终结战争》带来的"落空感"，正与读《人生的亲戚》带来的"落空感"对应。结果是，此处一名遭遇了人生的绝对不幸的女人是如何接受这种"落空感"，在一个信实中是否肯定世界为超感觉的东西，从作者的这些问题出发，真理惠的故事犹如回应那些问题一般以不可思议的 V 字手势闭合。作者借着超越故事的完结将其延长，不仅将那 V 字手势倒转，并且提示出向着"深度缺陷"坠落的作家的姿态，这种"深度缺陷"是一种不信，即作者甚至不能相信自己创造的"自己的故事"。真理惠的故事——这部"小说"——至此，以极度的诚实性，同时也以极度的欺骗性，由作者自身将它的意义否定、解体了。

5. 事件的告吹

如此提示作者姿态的同时，在尾声般的"代后记"中，一些故事中从未登场的人物出现了。那正是从墨西哥寄送来的两部录像的其中一部所拍摄到的人物，作为典型日系男子汉形象设定的光夫。关于他，作者以真理惠最后的每日中间人——塞吉奥·松野的"日记"这新材料为基础，他强奸了真理惠，并且真理惠自己发誓说"死也不做爱了"，并且将其描绘为"用三分钟发挥了使真理惠欲仙欲死的男性能力"的男人。这里的"三分钟"总有种不自然感，与其说是幽默，不如说是对应作家的某种欲望进行的怪诞设定，但不论怎么说，这里戏剧性地让典型的男子汉登场，这次他打破了所有的禁忌，接近了真理惠，触及了真理惠，并且入侵了真理惠。在之前我们读过很多次的"做了也好，不做也罢"的这种暧昧的、无责任的、未决定性的对立面上，我们可以推测出与这个光夫"三分钟令她欲仙欲死"的行为相对应的，与其能指的构成相同。但实际上，在作家讲述的故事中，光夫对自己行为应负的责任被剥夺，同时他也负起了责任。因此，光夫被那些崇拜真理惠为圣女的村民们"施以粉碎下体的疼痛"，之后为了报复她的死——那是第二部录像中的画面——为了挖掘真理惠的坟墓，光夫独自回到了村子，在此暴力的男子汉光夫与村人和解了——作为"故事的一部分"——作者说这是他想象出来的。

紧接着，我们来到了"代后记"中最后的文字，即《人生的亲戚》这部小说的总括性结尾。

　　将真理惠的生涯写成小说之时，我已经读过塞吉奥·松野的日记。但是偷窥强奸的这个故事，如前所述我无法将其真实地讲述出来。如今在一片阴霾的天空之下那墨西哥黄昏的荒地上，如果我接近那挥舞鹤嘴锄的大汉画像，这个故事就不会停滞不前。然而……我体验了从心底胆怯的新感情。

　　如果那部真理惠的录像，即如同《裸体的玛哈》般，赤裸着身体摆出 V 字手势的录像能够寄回，那么这边观看后势必会发生什么决定性的事情吧？通过自己尸体的下葬准备，真理惠成为光夫与农场中男人们和解的媒介。这样的话真理惠在罹患癌症逐渐衰弱的同时，不是也在苦心打造自己最后生命的映像，并意图成为我与什么东西之间的媒介吗？我知道这也许是夸张和张扬，不如说我的内心与农场男人们的紧张与恐怖共振，就是那些将光夫找出并深痛教训了一顿的男人们。

农场里的男人们串通一气，合伙教训了那个论武力皆在他们人人之上的彪形大汉。也许她会以同情的面容问我是否也干过那样的事。我不能不回答——关于真理惠的生涯，我已经可以将其理解为自己的故事，写成一部小说了……

文本到此结束。这里需要重新申明的是，关于真理惠的小说却没有结束。我们甚至怀疑它作为"小说"的可能性，但即使这样，它也本该在很久之前就结束了。但是作家"自己的故事"——"自己的故事"在自身处已经言明这部"小说"不过如此——并没有结束。不，作为作家"自己的故事"，原本就是结束不了的故事。因为作品中作家频繁使用"……"，正如最后部分的结尾处所使用的，那是不论到哪里都不曾结束、一直持续的"自己的故事"。这么说来，这里也从未发生过什么。送来了各种各样的书信，带来了形形色色的语言，作家东奔西走，但是对于书写作品的他来说，任何决定性的事件也没有发生。作品的结构已经将其明示，作家动笔的瞬间，所有的事件就已经发生过了，他只不过是完成了一个"故事"。

作家身上没有发生事件，但是在那追加在完结的"小说"

后的空白文本处，令人惊奇的是，作家终于产生了预感：要发生决定性的事件，并书写了对这种预感的恐惧——"我体会到了从心底恐惧的新感情"。那是这样的事件：真理惠的映像，通过那个手势，在"我"和"什么东西"之间架起了和解的桥梁。"什么东西"是什么呢，我无从得知。但这里的逻辑是，将"什么东西"与"光夫"——以暴力性和直接性触及真理惠的存在，将"我"与这个光夫、与集体斗争的农民们进行对比。对于农民们的集体斗争，作者将真理惠的人生与"正像了解自己的故事一般写完"相对应。

一方面我们可以将这种表现方式理解为作家"诚实"的结果。即与真理惠这种暴力的"命运"抗争的作家，至少在拼命地将自己的世界理解成超感觉的，写成了"自己的故事"。这部不过是"自己的故事"，最后赠予了死后的真理惠，通过这个举动作者得以与维持真理惠生命的"什么东西"和解。作者如是企望，同时被拒绝的对于世界的"信实"或者"秘密仪式"发生了。

另一方面——尽管结果相同——作家的"自欺"贯穿至此，实际上，我们可以提出一个问题：作家应该拿来与自己对比的，不正应该是"光夫"吗？这里又发生了颠倒，不如说作家正是将自己比作"光夫"，通过语言这种最间接的手段，但实际上作家是最直接、最暴力地触及真理惠的，他借助让作家自身欲望形象化的登场人物，用这篇"代后记"挖掘真理惠的、同时也是关于真理惠的"小说"的坟墓。作家在最后把这意外架空的对话诉诸言语行为的同时，写道"也许她会以同情的面容问我是否也干过那样的事"，刻意将这段没有人物面孔的对话描绘成"同情的面容"，显明了作者最后的回答——"关于真理惠的生涯，我已经可以将其理解为自己的故事，写成一部小说了……"
这个回答与光夫挖掘真理惠坟墓的行为相同，有告白自己罪过
的效果，即我们可以认为对于故事本身的原谅正是问题的所在。

　　然而无论怎样都无所谓了，因为无论选取哪种理解方式，
都绝不会发生这个决定性的事件。它已经托付给扣押在海关的
录像，但它已经被重新封印在"送达/未送达"的这种未决定性
之中了。能够发生吗？文本如是提问。"紧张与恐怖共振"，这
样"能够发生吧？"我们可以说文本甚至问到了这一步，但是贯
穿整个文本结构的未决定性暧昧在这里重复，正当"我"这样
认为时，读者们早已不相信那个本应是决定性的事件了。

　　到此我们从言语行为理论的观点出发，将大江健三郎《人
生的亲戚》视为一部以某种结构"落空"贯穿始终的作品。我
们对作品中出现的作家自身的定位、其战略方针、对于登场人
物应负的责任这几点，以及——相同地——小说的契约这一点，
进行批判式的阅读接受。这里我们读到作家在欲求决定性事件
的同时，又对其采取绝对性回避的态度这种文学的、某种意义
上讲本质的"自欺"结构。这样的话，只要我们认识到文学上
这种"自欺"结构的本质，就可以说，这里我们试图触及的大
江健三郎的"自欺"，实际上它以极度诚实的方式，富有本质上
的文学性。从某种意义上讲，大江健三郎超越了近代的"小说
的契约"，可以认为他在文学上是诚实的。总之再明显不过的
是，大江健三郎是在小说这个从内测自我解体的范畴中写了这
部作品。这样的话，作者随后在文学的诚实的极限上，公布了
"不再写小说"这件事，可以说这简直是一种必然。

写作的事件

八、遭难与灾祸——古井由吉的《乐天记》与平出隆的《左手日记例言》

　　然而柿原的怀疑仍然摆在面前。岩尾根首次被冰点以下的寒风吹袭，他驻足此地，大概已经感受不到身边的危险和恐怖。这已经超越了他的思考和判断，只是身体上没有反应吧。在此之前，他不想满脑子地胡思乱想：这是一条死亡之路。即使被集团心理迷乱了心智，即使这种不假思索的乐观——假如咬紧牙关就会克服困难，到达前方的小屋——被那些开始感觉疲惫的人奋力抓住，然而在山脊吹了两个小时的狂风，即便是到达第一座山峰，身体大概也已经吃不消了。这寒风已经变成暴风雪了。

　　好在也算到了雄山山顶了，为何不回去呢？虽然作为旁观者，但是柿原感到自己的怨恨在不断迫近，他好像被一种缓慢袭来的恐怖抓住，折为两段。柿原的脑海中浮现出这样的景象：没有谁发出什么信号，那一行人便直起他们被风吹得几乎冻僵的腰，沿着比刚才来的方向更为遥远险峻的道路，步履艰难地下山。柿原低语着：如果沿着来时的路返回，不会有多大困难吧，仿佛那群人能够听到似的。柿原把目光从那个场景收回，让自己的想象回到尾根那出发地点，为什么他们不从这里返回呢，他又一次低语，与刚才说的话完全相同，随后又怅然地缄口不言。

1. 写作与灾祸

文学的事件，并不只是发生在文本内部。如果是文学的事件，则它一定会打破文本这个安全领域。文本的外部，或者说更为一般性的外部——语言的外部——借由文本（必须称其为"眼前"）成为非眼前的事件。布朗肖称为"无—为"（desoeuvrement），或者由"无—为"而来的"灾难"（deastre）。借由文本，借由写作与阅读，那没有面目、客观的、不吉利的"外部"诞生了。

但是那个事件在哪里发生的呢？是从哪里来的呢？被称作"外部"的非场合蕴含着怎样的场合呢？然而常常被我们遗忘的是，那个事件不正是发生在身体里，发生在什么人的身体里，正是发生在作者的身体里，不是吗？写作不就是那样的身体行为吗？

事实上，写作的原场景——黑夜里的台灯下，一只孤独的右手在白纸上刻着谜一样的文字，此时白纸在想象力的扭转之下化作作家的身体，严格地说是化作了作家想象的身体——这先于语言的幼年阶段。作家在自身想象的身体表面——如同卡夫卡《在流放地》中讲述的"耙"，那刻有判决死亡之印记的笔尖一般——写上审判自身的文字。作家要蒙受苦难，诗人要遭遇危机，并且那种因果关系无从证明，但是他们并非与写作毫无关系。不，所谓写作，就是在一切无关的情形之下，招致那些无关的事件，将作家的身体置于危险之地，使其陷入危机之中。

下面让我们来阅读两部刻有灾难痕迹的作品，这两部作品之间本无任何关系。

2. 古井由吉《乐天记》

烟雾弥漫。在烟雾弥漫中行走。不，与其说是行走，不如说是在搬动自己的双腿。我首先了解到，这部小说，就如同这踉跄的步伐。

说匆匆行走，则绝不会产生那种搬动双腿，搬动身体的沉重感，并且可以随时往返来去的路。然而身体失去自由，变得衰弱，步履蹒跚，挪动一条腿都算一项巨大工程，每走一步都要小心翼翼，这样的话什么目的地、终点之类的就早已脱离视野范围了，仅仅剩下这一步而已。如此既不存在前进，也不存在退后。起点与终点都消失不见，道路也脱离眼目，距离也不复存在，每一步都只是行于"荒野"而已。每一步都只是——也许是拼命的——"尝试"（essay）。这部作品被命名为"乐天"。

令我们惊异的是，事实上文中第一次出现这个词，是关乎一个现实中的事件：一个老年登山团队于 11 月在立山连峰处遇险，八人遇难。很明显这一行人不可能从死亡之路中途折返，文中作者对他们的行动产生怀疑，"……即使这种不假思索的乐观——假如咬紧牙关就会克服困难，到达前方的小屋这般——被那些开始感觉疲惫的人信以为真"。"乐观"与"遭难"已经互为表里。文中详尽叙述了其后不久的那个瘟疫不断的时代，"今夕何夕兮，明月满乾坤，月尚有圆缺兮，我独无浮沉"那种盲目乐观，完全可用道长的那首《绝世乐天之歌》来形容。

之后这个固定用语被简单地断言为"但是语言本来就是乐

观的"。语言是乐观的，语言不清楚自己所言，不明确自己的处境。虽然记述着"遭难"，可是语言本身并不知道"遭难"这件事。语言只是蹒跚而行而已。"无论是历史的记述还是过程的观念，乐观都早已存在于其中"——即是说踉跄已经存在于小说之中了。

这样看来，如果这种装备——要求必然性目的论结构的小说结构——无法帮助克服踉跄的步伐怎么办。那就只能脚步迷茫，一边左右摇晃一边在"尝试"中用"痛苦却轻快"的步伐前行，使小说从其内侧崩塌凌乱。这里的时代气象不会注意不到稳健的步伐，那蹒跚前行的身体所描绘的风景也不会消失——或者说作者借对"乐观"的确信，展开他那可怕的计划。

大概如此，但事实上真正令人恐惧的不在于此。而是作者在谈及"乐观"之处，作为作品的小说已经预备了"遭难"，已经开始发动这场灾难。即是说每一步踉跄的步伐都保证了"乐观"，同时这部作品以不可挽回的必然性，将作者、作者的分身引向"遭难"之路。作为第一人称的"我"在深夜里思考着立山连峰登山队的步伐，嘴里低语着"玛歌珥·米撒毕❶的咒诅"以及"乐观"的语言，同时描绘着在家中徘徊的友人父亲的姿态，听着友人心脏病发作，被一路抬着穿过死人堆送到医院的故事，进而凝视着驮着沉重的雪橇艰难前行的挽曳赛马。"我"最终在这由书写安装的陷阱处遭难，自身成为后登场的主角，就这样被拘束于"道具"之中，在夜晚医院的走廊下步履蹒跚地踱步。"乐天记"从字面上看变成了"遭难记"，并且通过"遭难"，小说的欲望得以实现，甚至得以展开逆袭。

---

❶ 出自旧约圣经耶利米书，意为"四面惊吓"。——译者注

这一步不偏不倚，正好是处在"荒野"中那踉跄的脚步——但是那"荒野"与"荒野"之间并非连续，而是存在间隙。被置于远处的作品已经无法通过这个间隙实现它那蓄谋已久、力图一举回归的愿望。作品的开头以"旅行了很久，回家后发现儿子也回来了"描写柿原儿子那原本在现实中不存在的梦。接下来作品又让柿原踏上了漫长的旅途。从欧洲回来之后，等待他的是奈仓的死。幕前主角已经消失，如今配角登上了幕后主角的舞台。按照这梦幻能剧的编排，幕后主角必须跳"生前"之舞，现在柿原也必须饰演友人父亲那踉跄的步伐。

这种从回归到反复的力量——这也许正是"子"这种东西。这踉跄的步伐看不到终点，也看不到道路。我们只能看到那一步一步、蹒跚而行的背影。这里还能看到一个同样步履蹒跚的背影吧，那是"父"的背影，或者说是"子"的背影吧，但两者是相同的。在孤独中蹒跚而行的时间，同时也是孕育"子"的时间，是将"父"与"子"切断又连结的时间——作品不就是在摸索、探索这样的东西吗？

烟雾弥漫——这是时代的气象，是身体的风景，是作为"乐观"的某个词语，更是作为物质被感受到的时间。时间散发着死亡的气息，不，每个瞬间都是死亡本身。但同时时间又散发着新生的气息。新生并不是抽象的东西，它只是那新生婴儿的气息。而那踉跄的脚步则横穿时间。"不，孩子降生了。那是荒凉的气息，肯定有女人怀孕了"——在作品的结尾，柿原如是低语。但是这响彻我们耳边的低语，是对人类的时间进行粗暴的肯定。小说以踉跄的脚步穿过"乐观"与"遭难"的分水岭，到达一个强而有力的极点。

这样一来，一切都源自危机。起源位于危机之内。所谓文学的事件，就是一边重复着自身的危机起源，一边使其在现实的身体中剧增。让我们把视野从这位穿越"父"与"子"形象的小说家的"遭难"转到另一位诗人的"灾难"——围绕技巧这个本质性的危机起源。

3. 平出隆的《左手日记例言》

首先必须强调的是，这部《左手日记例言》，实际上是用右手写成的。只有"一本被允许写得很慢的日记"这句话是作者用左手写的，然而这左手写成的日记，我们是读不到的，在它的版面之外，在那空白处，与其说是"站在时间之外"，不如说是在与每天的时间流动相异，更为汹涌的时间巨浪之中，为了定位那拙劣的对于生的记录和描写，更是为了对其进行描写，它不是出人意料、一条路走到底的，也绝对是不吉利的，被这浪涛所席卷，被称作"例言"的注释在这里被作品化了。

事情的发端是，他决定将未来的时间托付给自己的右臂，应该说是右手，不——这正是一条贯穿作品的线索——右手的一条肌腱，即他决心用写作和棒球这两个极点串起自己的生活。"那时我正好将上班时候的所有事情进行梳理，并付诸笔墨，决定只靠右手的营生活下去"——但同时他也是把赌注都压在了自己的右手——这右手曾经因为一次意外，中指伸肌肌腱断裂，所以这么做无疑是在以不可挽回的方式侵蚀右手。但是决心就是这样与危机直接联系——"本来应该这么说，原本以为未来已经向自己打开，可它在一瞬间，就如同透明的肌腱般断裂了"。

说它本应该断裂了，而不是已经断裂了。连接自己与未来，写作的这条肌腱，将它那招致断裂的脆弱呈现得一览无余，然而实际上它还没有断裂。但是它并没有回避那即将到来的危机，也没有进行提防，而是任其蔓延滋生，就好像危机已经到来一样，假想危机到来之后的对策，于是开始了左手写作的训练，可以说这写作中包含了强烈的企图。

这是一种极为巧妙的危机管理方式。将右手那未来而将来的危机，与左手笨拙的实践相辅相成——一方面，将"尚未……"的时间与"已经……"的时间换位，结果危机就被消除、封印起来了。另一方面，作品不是由左手，而是由面临危机的右手写成，这反而成为对危机无微不至的守护。不，这里的危机，其实就是写作的课题、动机和起源。

这样看来，这种作品——最终所有作品都是这样——力图面向自身危机的起源。即是说从他决心把未来压在写作上，到12年前的受伤事件，其后右手常常暴露于危险之中，作者提笔开始书写这些事件，又好像已经写完了这些事件，这部作品就是这样写成的。

"那已经是13年前的事情了，那只好用的手，手背上受了伤"，这句标注了1989年4月的话，正是作品的开头。即是说在那坚持了一年左手日记的空白处，如同面对面一般，作者用右手记录了左手日记的来历。其后三个月写成的第二篇例言，以"那已经是五年前的事情了"开始，如同暗语一般，围绕12年前由于脑溢血而不得不放弃左手写作的老作家的左手展开，第三篇文本呼唤的是他12岁用左手打棒球的记忆。第四篇文本记述的是"19年前的事"，作者回忆自己试图用左手尝试书写镜面文字，却不能接受这种完全对称，反对并且明确了"这种像绘画般，用手改变全身的存在方式"。作者于1989年写下四篇故事，其后——就看怎么理解，既可以说是意味深长，又可以说是全无意义——一年半的空白之后，如同翻回到那四篇故事，作者又写了三篇故事。在最后一篇中，那成为右手危机直接原因的不祥之伤，最终作为"微妙的灾难与障碍"的"赠品"，这种贯穿全文、本质性的不吉利，被视为写作的"赠品"。

接下来是下面这段文字，这确确实实是作品文本最后的语句。

> 我把那青黑色的光从右手倒向左手。因为我的桌子仍是按照右撇子布置的，所以那真正的光线从左边射来，右手递过来的笔尖隐在左手的阴影里。在那残余的危险、不吉利、可疑且微小的阴影中，我的时间刻下了节奏，气息开始搜寻旋律，语言想要发出迟钝的光芒。

节奏、旋律、光芒——写作就像是一场梦境，向着音乐和光芒前行。通过左手书写这种逆向的身体回旋，即通过这种极度准确的人工书写行为终于成功地将其自身的危机转化为梦境。其实，我们在读到"我把那青黑色的光从右手倒向左手"这句话的同时，也强烈地感受到从他的右手到左手，以及将作品转化的过程。这左手的书写已经脱离了日记这每日练习的范围，作为音乐和光芒，在此冉冉升起。书写开始变为作品。

正如"左"这个文字的形象，无论如何它总带有"工""工作"以及——如果可以这么说的话——"技巧"的印记。左手书写与"右"字所暗示的"口"紧密相连，那化作透明身体的语言的肌腱被切断，沿着写作本来的形态，开始将那不透明、不吉利的身体回归到语言之中。如果在很多文化中，比起右手，左手带有贬义的话，那就是与言语对于写作的压制，或者说与理性对于技巧的压制密切相关。然而这种压制如同逆袭一般，赋予左手写作的作品自身一种极致的人工的准确性。用原本笨拙的左手写作，唯一的目的就是证明其技术的准确性。同时这种笨拙的准确又如同镜中景象一般转移到右手，发挥着类似编辑的作用。

在其完整的身体上捕捉写作，以及对于技术准确性的危机而言唯一有效的编辑方法——我们可以从中读出平出隆那精密的诗学，正如"左手"与他的姓氏"平出"两者如同拆字谜语一般。❶ 但是《左手日记例言》这部作品的惊人之处并不在于它的诗学。不对，应该说不只在于它的诗学，它与极度的规则并且正确的身体训练在文中并驾齐驱，正如我们所见，作品采用右手到左手，左手到右手这种圆环式的结尾，让我们以为左手的诗学已经在此完备。然而作品并不能以此结束，它的空白处招来令人意想不到的不吉利的事件，正因如此，这部作品才被奇异而不祥的光芒所笼罩。

"气息开始搜寻旋律，语言想要发出迟钝的光芒"，最后的例言以这句话结束，落款日期是 1991 年 12 月。在此之后 1992 年夏天作者又添加了一段文字，开头诗人表明"……我想尽可能地切断'左手'在这一系列作品中带来的余韵"。迫使他这样说，将他强行拉离左手的练习以及左手日记的，正是那重大的灾难——那袭击他身体中枢的不吉利事件。换言之，作者想凭借正确的写作去预防、管理、驯服即将到来的危机，就在这计划将要得以成就之时，写作如同欺诈、蒙混一般——似乎它早就盯准了"左"脸——引发了更为不吉利的身体危机。这个事

---

❶ "左手"与"平出"的日语发音相近。——译者注

件将作者带到一个场景，在此他以决定性的方式放弃了例言，凭借作者的放弃，如同似非而是之论，写作在此得以完成，成为作品。

关于这个事件的具体情形，我们可以从作品自身得到详情，但是此处我想指出的是，写作将左与右的拓扑学转换为内与外的拓扑学。事件与位于"我内心最深处的外部"的空洞有关，通过该事件，他被引导至一个洞窟，洞顶处无数钟乳石"像冰柱般垂下"，但此处唤醒了我们的记忆：作品开头提到的割断右手肌腱的凶器——冰箱冷冻室中"变为平缓冰柱状的透明硬物"，那正是顶端附着的冰柱。

灾难被不可思议的暗号与一贯性贯彻至终，它超越了写作——大概超越了一切诗学——并且放射着不吉利的光芒。作品像一把刀，如果不是感受到那静谧的战栗就不能将其读懂。

注：

对于《左手日记例言》的这篇评论发表后不久，平出隆在《图书新闻》（1991 年 7 月 31 日号）证实道："事实上文本全部由左手写成。"对于是右手还是左手写作这种暧昧关系，我视其为从"右"到"左"的过程，现实中却被证实全部由"左手"写成。所以，本评论再次陷入左右为难的"陷阱"之中。从作品中读出的事件与现实中的事件有所出入——这也算是一个事件，所以这次保留了这篇评论。

第二部

父亲缺席·父亲之名

一、梦之光学·闪光般的父亲"签名"——平出隆的《年轻整骨师的肖像》与《家中的绿色闪光》

神保老师所著的矿物学教科书非常适用
开启了学生用矿物界标本的大门
那将近七十种的石块以及环绕于其上的脱脂棉
令我目不暇接
扉页目录上的文字以及由石头边角划定的意义范围
感觉难寻其踪
磕磕绊绊
接下来是 17 号"石膏"（甲斐国中巨摩郡静川）
这两个字被用墨抹去
然后写上"火山灰"
24 号的"金刚石模型"被用红墨水划去
写上了"五色石"
屏息凝神观看这些修改之处
我难以移动步伐
对于搭了便车的信息与时制
只感到遗憾和无可奈何

众所周知，弗洛伊德有一篇著作名为《植物学著作的梦》。它与《伊玛打针的梦》一同成为《梦的解析》一书的重要理论支撑和印证，该书当属精神分析学历程上的纪念碑。《植物学著作的梦》出现在该书最重要的位置，其后又被多次提及并解释，成为贯穿全书最重要的线索。从某种意义上讲，《梦的解析》全书是基于弗洛伊德的这两个梦而得以组织建造，但是这里我们不进行深层挖掘。这里仅是作为梦，或者说作为枯燥无味、窥不见任何戏剧要素的梦，暂且视其为照亮平出隆的作品，照亮作品本身光芒的某种梦境之光——梦之光学的梦，在此我们仅仅借用这种光源而已。

关于《植物学著作的梦》，弗洛伊德的描述可以简单归纳如下。

> 我写了一本关于某植物的研究论文，书就在我的眼前。
> 我正好翻到印有彩色插画那页。
> 不论哪册书，都有植物的干燥标本点缀其间，就好像是从植物标本馆拿来的一样。

关于上述内容，弗洛伊德从他前一天下午在某个书店窗边看到一本新发行的书《仙客来属》这个事实出发，收集了许多与这个梦相关的记忆碎片，并认为梦境碎片所编织的是一张无法被完全洞察的复杂关系网，弗洛伊德一边编织这张网，一边试图阐明由梦境创造的"无意识"的迷宫机关。从文脉上来看，这个梦在书的前一章被定义为梦的"根源的变形"或"根源的歪曲"，同时又作为一种"作业"。在此基础上将这个作业中的"材料"与"源泉"之间的关系通过"移动"这个操作来阐明并引进。同样是这个梦，在书的下一章中却被引进，作为梦的作业的另一种操作——"压缩"的示例。也就是说，另一个梦境《伊玛打针的梦》作为"梦是愿望的达成"这一核心主题的根据与图解，它同时也是梦的作业中所有操作的图解。是否由于这个原因，这个梦的根源欲望究竟是什么，弗洛伊德没作明确的解释。他在讨论自己的梦时经常这样做：当触及更为秘密的领域时，他就令其中止，将其流放于表述之外。毫无疑问，虽然我们不想钻进他那明显的压抑去探究深处的奥秘，但是不得不留意的是，弗洛伊德在其自身的解释中引用了前阵子从"柏林的友人"（弗利斯）寄来的信，"关于你论述梦境的著作，我做了许多思考。我看到那部完成的著作，它就在我眼前，我翻到那一页"，"植物学著作"在梦的逻辑中，仍旧暗示着它就是尚未完成的《梦的解析》一书。事实上这本书收集了许多梦的"标本"，并且是各种各样五彩缤纷，但是干枯了的"干燥标本"，尽量对其进行中性、学术性的记述，并基于此进行分类和整理，试图梳理这梦境之花的体系。仿佛发挥这"中心图案"的效果，这个梦境，既是《梦的解析》的一部分，又预先将整部书沉浸于这个梦境之中。

接下来我们不得不接近平出隆的作品，之前之所以提到弗洛伊德，看似跑题实则必须，因为平出隆这位诗人的作品散发着本质上难以接近的气息，虽然一切都看似明晰，但那种顽强、坚守自我般透明的坚定，闪耀着梦境的光芒。举例来说——随便哪篇都行——下面的诗句所洋溢的怪异之光，不正是这梦境之光吗？

水泡翻滚着，化作变形的火花，四散在磐石的缝隙里，一副手套不停地舞动，仿佛一只刚刚死去的水母阴魂不散。那些折断、捻碎的东西，仍旧努力指明着所有的方向。但是我眼中所见的那十根手指，没有一根指尖上带有那半毁的星星。于是我聚精会神地观察。大概已经过去十四个季节了吧，旁边那被水淹没一半的宽阔洞穴中，传来焚烧蜂巢的香气，那就像全部的信号，一块充满朝气的树皮，从洞穴中伸出，穿过那睡乱了的头发，笔直地插向天空。

这是《年轻整骨师的肖像》的开头部分，带有"最初的光景"的标签，讲述从水中、水之母中诞生了什么东西。这部诗集，正如文本所记的"原·光景"（Urszene），清晰展现了讲述者眼神中那不可思议的明亮。正如记述梦境一般，光景是如此明晰，每一个要素都清晰可辨，但是整体上一点也没有揭示"那个东西"。移动、置换并且压缩等无限制的操作编织出一片相连的迷宫之网，意义也好欲望也罢，正如弗洛伊德所言的梦境一般，完全被这张网覆盖隐藏。但同时，梦境中某种异样的强烈感情，或者连"感情"都称不上的某种独特的冲击，将我们束缚住，如此一般我们被文本中潜藏的那明确的"令人恐怖的东西"、某种裸露的东西夺去了心智。我们与那东西是如此接近，却全然不知那是什么。

梦也是如此吧。事实上在那"最初的光景"之后，作者空出一行，就好像添加了一个注释一般，又写了下面几行文字。

1949 年 9 月 7 日，一个阳光明媚的午后，我在家乡附近的水边，一颗完全朽烂的蚊母树下睡觉。睡觉可以给予

我充足的材料。一扫平淡无味的痕迹，那是关于所有活物
死物的整骨方法，某种令人心情舒畅的实验材料。

　　将睡觉提供的"充足的材料"进行"整骨"，"再建"然后
"实验"——这样一来平出隆的诗就带有"梦的实验"的容貌。
虽然这么说，但那不单单是指诗人以梦境为对象进行实验，也
不是像很多诗人那样认为这梦境意味着坠入梦想（很明显两者
是截然不同的东西）。这里是用梦境提供的"材料"，按照"关
于所有活物死物的整骨方法"，以"变形"和"歪曲"这两重
关系为目标。换言之，此处的梦境，不是作为其故事的内容，
而是作为梦境的"内容"而被理解——不，只能这样去理
解——凭借该理解生成、产出的空间，正如弗洛伊德在《梦的
解析》中所言的某种毫无条理的过程的空间，而这正是我们得
到的场所。

　　平出隆的诗法——称为诗的方法——与弗洛伊德梦的作业
紧密相关，我们提出的这种假设，同样也适用于平出隆的《家
中的绿色闪光》，这是继《年轻整骨师的肖像》后的第四部诗
集。不只如此，完全覆盖前一部诗集的那种"甲壳质"（说实
话，这具体是什么样的东西，我们也搞不清楚）的"梦幻"
（onirique）表面透明的紧致，如同故事性的散文以及日常生活
中的漂浮物一般，将残余的事物撕裂成双重挽歌，在此我们的
现实得以在那粗糙又布满尘埃的岩礁上延伸扩展，并且这正是
诗集的唯一"事件"——但是对于结构本身来说，即使不被当
作事件，梦之力学也已经将其浸透了。

　　事实上我们都清楚，这部诗集由"移动"与"变形"这两
个操作支撑。正如最后附上的"目录"，那 V 字形的结构一目了

然，这是以"搬迁"的家、住所的移动为界，关于事物或者非事物的移动的写作。或者说得更加现实主义，诗人将前阵子发生的琐事选为材料作为梦境的主体，选出二十几个如同被遗忘在日常阴暗空间角落的事物，并且这些事物时刻受到来自偏执的女房东那纠缠不休的攻击。作者对这些事物进行记述，并作为"材料"，进而将其移动到其他的领域和系统。移动的过程当然会产生变形，而且对于诗人来说这种手段并不是隐藏的，诗人在那临界地点已经告知了读者。

　　背后散落着一地破烂儿。但是诗篇中搬迁它们的工作正快速、平稳地进行着。它们是他贫穷的孩子。他能够从它们的姿态和举止中辨别那被岁月浸染的声音。他先从观察入手，以语言捕捉它们。二十几首诗如同素描般诞生。接下来将这些诗的语言在舌头上一滚，便成了他自己的声音，这就是第二项工作。然而这虚构的父亲并不是企图用自己的力量抢夺孩子们的形态和光辉。他已经衰老不堪，在这临近搬家的日子，他躲在杂物的角落中。他的身体也是他那贫穷的孩子中的一员。他的胸口，正如孩子们一样，散发着微弱的光线。

作为观察的第一项工作以及从第一项工作出发重构而成的第二项工作，这两个过程移动的东西有：棉制的大幅格斗图画、钥匙、显微镜观察标本箱、作为祖父遗物的矿物标本、木制的小饵料箱、马口铁罐、昆虫图鉴、围棋事典、汉字词典、家庭收支簿、小鸟活动雕塑、竹盘、摔炮、中国制烟花、铅刨子……并非每一件东西都贯穿着无论如何也非它不可的绝对必然性。每一件东西的来历、时间的堆积与记忆交错杂糅，没有哪件东西放射出决定性意义的光。因此，说它们都是被废弃的"破烂儿"也不为过，从这种意义上来看它们可以无限制地移动。

一般来说，诗人在创作中，会把自己拟作天文学家、气象学家、植物学家等这样的自然观察者，或者是埋头对事物进行客观记述与分类的博物学家。如果是这样的话，那么恐怕诗人已经失去了那与现实之间的牢固感情与意义纽带，这样诗的一个显著特征就是在那种丧失之中逃亡的欲望。矿物标本令我们目不暇接，但它并不知道"意义"。它不是根据"意义"建立的体系或者空间结构，所以昆虫图鉴、围棋事典、家庭收支簿等的诱惑近似于"书"，但对于那种统一意义上的理念来说又是一种决定性的背叛。

这么说来，平出隆在《家中的绿色闪光》中的工作也是在那种意义缺失、丧失根据的情况下，将身边的物体像那矿物标本，或者昆虫图鉴一般进行记述、分类并且移动。正如我们在开头提到的，从弗洛伊德梦中的"植物学著作"洞察《梦的解析》这本书，比如说在"祖父的遗物《学生用矿物界标本》"中，诗的标本被镶嵌其间，并且这部诗集的姿态是我们理应读出的。这并非不可能，但那并非就是这部诗集的真正力量吧。如果仅凭那种程度的理解，我们也许不会理解为何要以"家"这个词来标记这部诗集的空间，即我们不能触及诗的真正"源泉"。

的确如此。无论在梦中，还是在诗里，"移动"并不是仅仅以此作为目的。在梦中，作为梦的真实源泉的欲望在无限制隐藏自己的同时，通过"材料"呈现的表象的——准确地说应该作为是"并非那般的表象"——"移动"正是通过这些发挥实现自我的作用。那么同样，现在我们试图接近的这首诗中，"移动"在印证平淡无奇的"搬迁"同时，也被某种"欲望"暗中贯穿始终。

暗中——但是确实是那样偷偷摸摸的吗？不，非但不如此，我们引用部分的文本明确地赋予了"欲望"一个名字。"欲望"的唯一正名，不是在那里被明确宣告了吗？

那个名字就是——"父"。文中写道，"它们是他贫穷的孩子"，并且他，只有一次，被称作"父"，那是"虚构的父"。但是现实中的父亲在哪里呢？不，不如说我们必须读出正是这种"虚构性"，使得父亲可以被绝望地称为"父"。这一看似简单的词语，正是它那仅仅一次的发声，而正是这仅仅一次的发声使这部诗集到达了那剧烈回旋的地点，正如 V 字形的豁口所暗示的那样。

换言之，在这部诗集中，移动不只是作为从记述到诗的语言体制的转换操作，即不单单是一种操作，它确实是"虚构的"，"父—子"关系这欲望的实现却因这个过程显得极为本质。"他贫穷的孩子"指的是搬家前隐没于家中阴暗角落的那些"破烂儿"。他将那些被遗忘、被抛弃、被废弃的，他自身的各种时间与欲望，作为他自身的"子"，以及他作为自身欲望，那尚未成熟的"子"（那里表现出的他自身那无可救药的幼稚），从那被不吉利的灾难逐步侵袭的家中阴暗之处捞起，通过对它们的记述，试图重现它们的"声音"以及"他的声音"，并且试图重现被称为"歌"的"光芒"。

对于他来说，那才是"成为父亲"。无论那些"破烂儿"给他留下多少时间的痕迹，它们都并非从一开始就是"他的孩子"。他之所以成为"父"，毕竟是通过移动操作、记述以及写作达成的。在"父"与"子"之间，仅有作为语言符号的"父亲之名"而已。这种令人绝望的毫无关系，仅仅与一个名字，一个闪着微光的名字有所连接。这样一来对于平出隆来说，诗被带回到"名字"——作为语言最贫瘠但又最根源的功能中来。将"破烂儿"移动至语言表象，将记述移动至"歌"，正是通过这些运动，那些事物成为刻有其名的"作品"，并且他实现了那欲求已久的"父"，实现了成为"父"的愿望。

这样的话，我们在这《家中的绿色闪光》的转折处，又突然回到《年轻整骨师的肖像》开头部分——正如一张照片——下面是一个鲜活而定型的形象，这是否是无意义的跑题呢？

我恳求她，她愉快地折断雕像的头后就走了，以此般令人震惊的粗暴举止将它抛弃不顾。我理应是赋予我自身形态的人，因此我试图倚靠一直寻求那形态的人，我该从什么样的人开始着手呢？遗像中的人姿势古怪，似乎正将他那大手伸向虚空挥舞，这次我不得不把目光投向那个人的眼中。

事实上我们没有进行详细汇报的时间，这部诗集也是以"父亲缺席"——作为死亡的绝对缺席——为"源泉"编制而成的梦的表象。诗集的其他地方记载着"父亲母亲那美丽的墓碑"，如果说作为主题，不如说"母亲"先登场，但是那只不过是"移动"的效果而已，正是"死去的父亲"的这个目光使整部诗集的每个角落都放射着异样的光芒。

大概先前引用的《家中的绿色闪光》中，他在自己的胸口发现的"跟其他孩子一样"的"微弱的光线"，与《年轻整骨师的肖像》中"父亲遗像的目光"，以及与之交错的"我"那投射回去的目光绝对是息息相关的。那"微弱的光线"与之前"他"身体上的疼痛以及原因不明的不适紧密相连。这个光芒发自早已"死去的父亲"，透过"我"或者说"他"的身体，照射到作为"贫穷的孩子"的某物，成为"父"的署名，并且同时成为毫无疑问的"死亡"的署名。在此条件下，"绿色闪光"即是"死亡发出的光"，是死去的父亲放出的光。"破烂儿"中有一本"作为祖父遗物的矿物标本"，明确刻画出了"父亲缺席"，同样其他事物也成为父亲那决定性缺席的刻印，在暗中微微发光。那是被称作死亡的"时间"之微光，而那决定性的缺席，正是"他"那绝望的欲望。也就是说，《家中的绿色闪光》——正如弗洛伊德《梦的解析》以及其精神分析法确立的，他将父亲的死偷偷地隐藏并埋葬——将死去父亲的欲望，即从父亲而来的欲望，对于父亲的欲望，以及自己希望成为父亲的欲望包围。与此同时，本来应该隐藏于诗的内部那不可触及的欲望本身却被触碰，并且被命名。这个原本应该被封印的地穴——正如"闪光"一般——龟裂开来，这无意识的坟墓上出现了裂痕。

　　而这正是诗集想要表现的"事件"。事实上，凭借触及这个极点，那里的空间一举翻转，并且向着那被其他光芒照射的斜面，缓缓地滑行而去。那里可以读到"爱"这个字，可以听到"你"这个称呼，透过龟裂的缝隙，伴随那令人感动的"化作鲜艳天然色倒立画像的女人"，射入那已经不是梦境与死亡的光芒，作为现实的他者的光芒。"暗箱"中射来一缕"青色繁盛"的光芒。它从梦境而来，从梦境的"源泉"而来，浮于现实之中。而它的浮现只能通过"女人"的存在实现。而这正是这部诗集无与伦比的幸福，关于这点是不必赘言的吧。

　　而我们，只是在这最后，意图向那使灾难中的转向得以实现的"女人"，她的"女友们"的占卜，那断然指向正南方向的预言的魔力，从遥远的地方，献上我们隐秘的敬意。

意象与力量

二、水的性爱·水的痛苦——松浦寿辉的《冬之书》与朝吹亮二的《作品》

> 但是空罐
>
> 纸张
>
> 它们的重量仿佛跃然其上
>
> 那弱不禁风的影子
>
> 仿佛也有自身的重量
>
> 窗外射来那皎洁的月光
>
> 充满屋内
>
> 我好像发热
>
> 还是需要
>
> 那为"我"预备的枕头
>
> 能够完全招架我的重量的
>
> 干净牢固无趣的枕头
>
> 支撑着
>
> 因发热而昏昏沉沉
>
> 一直下坠的头
>
> 如同湿漉漉的辞典一般
>
> 我需要一个水枕

并不是那流动的水

而是可以与水争辩

用水的语言织成的水枕

若是寻得见

若是可以将头埋入其间

这是那一瞬的静止

"我"将变成我

一时间忘却那白齿的疼痛

我就能开始

熟睡了

我看见了诗人的背影，他伏在案上正在创作。他好像蹲在那里，弓着背，在展开的稿纸上那片小小的区域内，认真地刻下一个一个的文字——那一定是华丽的笔迹。屋子里很宁静，既不是鸦雀无声也不是嘈杂聒噪。光线不明不暗，柔和地照射在他的字句上。宁静的屋子、明媚的屋子、充满玻璃般亮光的屋子——至少对于我们的时代来说，这里是可以萌生出诗的场所。

这里不得不多说一句，诗人在屋子里写诗，实际上这画面并非一目了然。问题不在于某部作品在现实中的创作地点，而是作品如何赋予自己发声的场所，这场所是作为怎样的空间出现的。这样看来与其说诗创作于宁静的屋子里，不如说它被歌唱于山野，如咒文般被颂念于荒野，或者在街上被呼喊出来。有仰望蓝天高声歌唱的诗，也有在夜幕降临时屋子里低声哼唱的诗，有写在咖啡馆角落里的诗，也有写在厨房某处的诗。或者说诗并不是在什么地方被什么人创作，这对于诗来说也不是不可能的事情。

所以我们说在屋子里，在桌子上创作诗，其实是一件非常具有特色的事情。这里并没有设定诗的基于不成熟的他者现实之上的发声场所。这里诗并不是作为过去或者现在的"伤痛"以及"惊异"被讲述。作品只是将那里作为书写的场所，将屋子作为自己发声的场所而已。即是说作品的发声本身即是作品的场所，诗人所处的位置，位于作品的内部，位于作品应该被创作的那个屋子里。

那个屋子——映着明晰的影子——如同下面的诗句：

> 我孜孜、孜孜不倦地通信。我独自一人，黑夜里于密室之中通信。我在回信。我在竭尽全力回信。谁也接受不到的通信。我将全身都化作触手，只是像海葵一般摇摇摆摆。……（朝吹亮二《作品》第53页）

或者是

> 从沉闷的屋子里，那青黑的阴暗处而来，投递给你的，那湿漉漉的明信片。
> 1. 水底
> 的
> 发不出声音的陶制口琴
> 2. 泡沫
> 的
> 淫荡的妖精
> ……

6. 栽培

语言

的

海绵与橡胶的苗床

出神的瞬间，那既不能钉钉子也不能挂图钉，没有质感的水墙将我包围。（松浦寿辉《水画》）

同为《麒麟》的同好者，两位诗人的文体却风格各异，然而如果我们说两位站在共同的诗的根据上，或许我们可以从中读到屋子的诗学，而且是《被水充满的屋子》（松浦寿辉《幻灯》）的诗学。实际上，对比一下《水与梦》到《空间的诗学》，从某种意义上来说，可以认为他们的诗有权被提名为诸如《水族馆情节》之类的，作为新的一章附加到巴什拉❶的作品中去。即使说诗人，或者说像"海葵"一样，或者说像"鱼"一样，以生活在水中的动物来自行规定。而这里的水既不是指可以浸透手掌的水，也不是指可以映出脸庞的水，更不是可以平息喉咙干渴的那一杯水。那是充满诗人屋子的水，对于诗人来说，那是正如字面所示的"环境"（element）之水。

这么说来，这里的水首先是语言，但它不是巴什拉《水与梦》末章所述的那"水的言语"（parole）。这里的水不能发声。它不像流水那样，可以发出指明方向的轻快喧闹，或者生气勃勃的歌声。松浦寿辉写道：

---

❶ 巴什拉（Gatson Bachelard），法国哲学家、科学家、诗人，著有《新科学精神》等。——译者注

123

> 翻开书卷
>
> 语言的河流向页面空白处涌来
>
> 那涟漪激起的喧闹
>
> 似亲近又似疏远

　　诗集《冬之书》正是在描述那种不可能性，同时那不可能的分身化作"真正的冬之书"附于其上。即是说这部诗集是一个朝向生气勃勃"语言之河泛起的涟漪"的梦想，同时它也是——或许是历史性的——不可能性的证言，它又是一种放弃，放弃对于那质朴的鲜活与语言的无条件一致的深信不疑。"真正的冬之书"是不存在的。存在的只是这本"冬之书"，即"每一页都泛着寂静的浅蓝灰色"（松浦寿辉"书之冬"）的书，姑且被称作"冬之书"的"被水充满的屋子"。

　　充满诗人屋子的水，与其说是语言，不如说是对于语言可能性展开的无方向的、均质的空白，不过不是那充满暴力的纯色白纸的空白，不是分隔所有语言，而是迎接语言的同时将其重量夺取的这种冷漠的空白，正是将诗人身体包裹得严丝合缝的触觉的空白空间。作为这空白的水，保证了诗人没有什么"必须写的"东西，给了他这种令人恐怖的自由。语言不是由外部的要求和必然性发声。语言必须通过与那空白处的接触，通过没有规则的规则被书写下来。但同时，这样写成的语言明显缺乏"收信人"。所以，即使作为一则通信，是"谁也接收不到的通信"，也是"没有发送目标的通信"——"我将全身都化作触手，只是像海葵一般摇摇摆摆"。自由的语言，化作触觉的语言，因此走到哪里都一直被困在水里，所以说语言化作一堵水墙，将诗人与所有他者分隔开了。在这充满水的屋子里，诗人无限制地化作"一个人"——"现在我是一个人，只是一个人"（《冬之书》）。松浦寿辉将《冬之书》分为四卷，以法语"solitudes"（孤独）命名第一卷，但是这里的"是一个人"能否进而用"孤独"一词来替换，我们不得而知。浴缸中金鱼真的是孤独的吗？不管怎么说，这里的"孤独"不是作为诗创作出发点的"孤独"，而是由诗引发，从诗的语言中降临的"孤独"。此时这"孤独"便明显带有"性爱"的模样了。即水的第二维度正是性爱，或者性欲。关于这溶于水的性爱形态，朝吹亮二有如下记述：

> 这里缺乏重力，手脚异样地伸展，头也被拉长，但是生殖器并未如此，不如说它退化了，这是巨大的空虚，是一个密室，里面正发生着缓慢的形态变化，是一个缓慢变幻的迷宫，我身体上原本是生殖器的地方，变成了一根触手，指示着我本从何处来，成为支持我步入婚姻的杖，成为我敏感的阴蒂，这里缺乏氧气，我的四肢，应该说是五肢，不，是无数的突起正在伸展，试图用皮肤呼吸，发光的屋顶，那正是我的头盖，绿色的氢是我的皮肤，我丧失了眼球，怀上了鱼儿，最后繁殖，我的身体停止了伸展，形成这个密室、这个迷宫，我该平静地喘一口气了吧。（《作品》p. 50）

虽说是性爱，但是这里确实带有"性器官退化"特征的非性器官的性爱。这却是水之性爱的必然形式，我们可以从松浦寿辉的《冬之书》《幽会》等诗篇中找到旁证——"清醒的水之眠／在那里浸湿半个裸体／如果有一位少年／性器官像钉子般纤细坚硬"(《冬之书》)。而且无论是松浦还是朝吹，这非性器官的性爱根据水的双重意义性而具有两性兼具性，透过这个位相，它已经不能用男女两性的性别差来定义，或者说它略过形容"植物性"的性，向着水这环境中的元素，缓缓地化作水本身，描绘了一条与之同化的轨迹。

> 去想象！那水做的鱼
> 水做的海藻
> 水做的睡眠
> 非浅非深
> 那水做的水

（松浦寿辉《水枕》）

毫无疑问，这首诗中的"去想象！"这个命令，使我们注意到在"'水中有水'般的存在"之处，那强烈的欲望性倾斜以及"并不是那流动的水/而是可以与水争辩/用水的语言织成的水枕"这梦想般的意义性倾斜即将被锋利地截断。显然在"'水中有水'般的存在"这种性爱形态的极点，所有的语言都被溶解，诗本身也成为不可能。正因如此，或许水之性爱绝不会狂暴过激。水的过激，并不是作为狂暴的拍打，无论多么微小的差异都能流淌进来，将其溶解，无止境地同化，这种浸透之力孕育在那最细小差异的感受之中，同时孕育在将其同质化，夺走语言的那种透明的力量之中。浸透、溶解、同化——通过这些力量，水将亲密（intimite）与无止境的漠不关心（indifférence）化为一致，放出那透明且充满矛盾的性欲。

这样一来，我们绝不能简单地将这些诗人所描绘的水之性欲还原到一般意义上的自恋情节上去。即是说，诗人居住在水之小屋的同时，绝对不会盯着自己的脸去看，水之性欲并不在那里。从前奥维德❶笔下的那喀索斯是那样的，那是更为根源的自恋——所有的存在都意味着自己与他者的绝对同一，但是从意象或者爱的意义上看，自己与他者呈现出的是绝对相异的自恋。

而那水的伦理，不正是水的第三维度吗？与其说它是行为的伦理，不如说是存在的伦理。它不是在他者关系中规定自我，也不是在从自我到自我这同一性圆环中将其击退，而是自我与他者这种区分本身无限制地溶解，在此意义之上自我——感官性并且致命性地——无限制地化作他者，该伦理正是规定这种存在状态。这么说你的名、你的脸、你的性器官都具有水溶性。你的肉体即是水，因此你的肉体已经化作无数的他者。但是这里必须要注意的是，从自我到他者的流动绝不带有"忘我"（ek-stase）的结构。因此，那里也不存在"恍惚"，那里绝对缺乏使"恍惚"成为可能的外部经验，因为无论如何这水的伦理，首先要将内与外这一根源性区分无止境地虚无化。

而这种虚无化只能在"无止境"的情况下成立。虚无化——至少在诗的内部——是不可能实现的。无止境地，但总有某种东西，以细小的差异，如痛苦般挥之不去。这时这些微小的痛苦也化为无止境的东西。正如先前巴什拉所言，"水之痛苦无止境"。而这痛苦正是水之伦理的基石。之前已经说过，这个痛苦并不是"伤痛"，即由外部他者引发的痛苦；也不是因为

---

❶ 奥维德（Publius Ovidius Naso），古罗马诗人，著有《变形记》等。——译者注

自己的痛苦。它既是作为微小的差异，又作为无名的区分，正是作为存在本身的痛苦。

但是这种痛苦是真实的吗？或许有人会问到这个问题。这种始终与性欲难以区分的痛苦果真是现实的痛苦吗？它被制作时就与世界隔离，处于实验室一样的密闭空间，在这水的屋子、充满水的箱子里培养、观察然后被分类，它只不过是这样一个意象而已吧。

是这样的吧？但是如果这么说的话，我们就暗中将那朴素，处于实验室之外那现实的、更为真实的痛苦扩大开来，这样的话不就是犯了一个大错吗？实验室之外，世界或者生活这种单纯的现实并没有波涛起伏。水之小屋外面那原始的自然并没有狂乱。如果用某种方法来读朝吹亮二的《作品》，虽然能够读出从"箱子"或"密室"中的逃脱和浮现，但是这种逃脱只能像预先策划好的一样到达那"几何学的庭园"。"植物像矿物般被斩断，不留一分空隙，真是一番令人呼吸困难的稀薄景象"（《作品》p. 82），这种"几何学的庭园"，毫无疑问是另一个"箱子"，正是另一个"密室"。但这丝毫不妨碍诗的运动在意象上是真实的，这是事实。实际上所有真正意义上的诗的运动都是如此，《作品》的运动也确实在"箱子"和"庭园"之间，在那些经过的地点，与令人惊异的单纯、幸福的意象相遇。这个意象就是"橙子"，从这个意义上大概我们可以说《作品》只是为了与"橙子"相遇而写作的。

明媚清晨的
光
光线四射

橙子的水分

橙子中还有一个

果实，里面还有一个

果实，再往里

是果肉那泛着令人窒息的透明

小小的

果实，那果肉的舒畅，无数

密室，无数

迷宫

蕴含在橙子里啊

（《作品》p. 75）

　　与水、与光的如此单纯地相遇。"密室""迷宫"这拓扑学仍被原封不动地保持，不仅如此，还在无限重复，但是"橙子"将这种重复的痛苦释放到作为单纯幸福的"清晨之光"中。对于《作品》这部关于水的作品，橙子已经在整部作品中抢占了鳌头。

　　这么说来，究竟是谁在抵抗松浦寿辉《冬之书》中召唤水果这种诱惑呢。自不待言，这次是《幽会》中的"水蜜桃"。

　　水蜜桃是残酷的水果。扑鼻的芳香、淡婉的颜色、薄薄的果皮、粗糙的果毛令人发痒。但最令人忧郁的是，咀嚼时口中那蔓延开来的湿润、湿润、那无休止无尽头的水润感觉。为何这般鲜嫩呢？那只是淫荡的不幸，是那紧紧包裹着甜美汁液，仅仅包裹那汁液游移的，果皮的轻薄。我，终究，只能在城市里存活吧。

（《幽会》，p. 5）

正如其名，"水蜜桃"是富含水分的水果，但是与朝吹的"橙子"形成鲜明的对比。《橙子》只是描写光，即使没直接写明，但我们都能明显感觉到它以鲜艳的芳香"四射"来引诱我们。而"水蜜桃"的芳香，则不得不用"扑鼻"来形容，即芳香在这里背叛了扩散力学，反而以停止、固定的姿态存在。松浦的"水蜜桃"自始至终是一个嗅觉的水果。果实终究是作为富含水分、富有黏性的意象出现。"蔓延开来的湿润、湿润、那无休止无尽头的水润感觉"——正是对水那淫荡的重量，那不幸的重量的感觉。水赋予其浮力，将其从重力中解放，而这水本身作为"蜜"一般黏性的重量被捕捉时，被命名为"淫荡的不幸"，化身成为反常的痛苦。而那痛苦——不，更准确地说大概是包裹那痛苦的"果皮的轻薄"——正是"我，终究，只能在城市里存活吧"这种生之苦痛，以及对于难逃"都市"这种形式感到自嘲、自足甚至甜美，最终向着这种对自虐的确认收敛而去。这里确实存在什么极度"残酷"的东西，不，存在更为阴森的东西。它位于"薄果皮"的另一侧，在过度水润的诗句的另一侧挤得密密麻麻，令人窒息。它是什么呢？是"都市"中固有的过剩自我意识？也许是吧。但是，这种过剩，或许同时也是一种恶意。对于生之残酷性的过剩恶意，即是令我们吃惊的、纯粹的恶意——而这正是松浦寿辉的诗中蕴含的不可思议的力量。

这样我们一边追寻水的意象，首先到达了水的幸福与水的恶意。但是不言自明的是，我们还没有步入水这个意象的所有维度，只是了解一些带有标记的特点，而且没有相互独立地确定水的所有成分。反映由水到光这一鲜艳夺目的挥发过程的朝吹诗学也好，滞留在水那失重与重量重合点的松浦诗学也好，此处的水在其透明的同质性中消除了所有差异，溶解了所有存在，成为既不是"一"也不是"多"的东西——"一"与"多"同时存在的语言——从这个意义上来看也可称为"虚无"，即是说无论从语言还是从感觉上看，我们都面临这样的时间：什么与什么之间的区分已经无限地趋近无意义，意义已经变为无意义。屋子里伏案写诗的诗人的背影——那屋子、作品以及他的身体都渗入、溶解在充满这空间的水中，一片晴朗的"虚无"从空中静静地降下。在这个极限点上，水的诗学成为"虚无"的诗学，并且此时水那更为本质的梦想——化作火的梦想——得以实现。这时水作为"虚无之火"在透明地燃烧。

如果说诗人的使命就是要守护这"虚无之火"的话，在我们这个时代的倾斜面上，至少有朝吹亮二、松浦寿辉这两位诗人，一边维持着一个危险的平衡，一边又以独自的方法去接近那"虚无"之火。

姐姐的身影与最初的力量

三、雪之庆典——朝吹亮二的《临终与王国》与《封印吧！在其额上》

> 行走，在雪之都市中漫步
> 环视，一杆黑旗倒伏于地面，这个季节
> 鸟儿也在眺望这里
> 姐姐啊，你本不应在此
> 可笑吧，我坚持拒绝你的颓唐
> 如同岩石的节理处孕育这山脊
> 我在此返回

最初就出现了雪。不，"最初"这种说法不准确，因为并不存在"最初"。所以，雪一直在下。为什么呢？让我们追溯"最初"那一刻，去思考"最初"。但是那里亦如往常一样，已经下起了雪。无论回溯多远，雪都已经在下了。飞舞的雪抹去了"最初"。雪先于"最初"存在，并且抹杀了所有"最初"的可能性。因此"最初"成为不可能，雪就是这证据。让我们从朝吹亮二最初的诗集那最初部分引用几句：

> ……雪，不停地下，那时

一个描绘女人身影的爪印上，雪

《临终与王国》开头）

穿过白沙的女人那湿润的嘴上，又
降下了，雪

《秋天都市的凉意……》）

外面下着雪
你那青瓷一般的肚子上

《你湿润的身体富有导电性……》）

雪总是下得那么大，或者说不停地下。无始无终，超过了
所有限度，只是安静地落下。这静谧已经（再次）标示出那里
没有事件，没有事件发生。但是，事件的缺席不能说与一个形
象没有关系。形象——但那只是一个身体，而且是女人的身体。
这个女人是谁呢？

对于多少涉猎过朝吹亮二的诗的读者来说，心中自然已经
有了明确的答案，并且诗人自己也在诗中明确点明了那个女人
的名字。

夜里那冰冷的火灾中
死去的姐姐
从她雪白的腿上撕扯下

《夜里那冰冷的火灾中……》）

"夜里那冰冷的火灾"毫无疑问就是雪。或者是另一个地

点，诗人走在雪中，点明了那个女人。

> 张开口吞下雪花
> 沿着小路漫步，如同黄昏一般
> 将快要逝去的十一月三十日括起来
> 星期五，是我那已故的姐姐
> 仅此一次将我引向她房间的日子
>
> （《张开口吞下雪花……》）

这样看来姐姐最初就存在，并且这里的"最初"又成了不正确的说法。因为对我们来说如果探究"最初"的位置，那只能是母亲。姐姐绝对不是"最初"就存在的。姐姐只是无限地出现在我们面前而已。她不是"起初"，只是与"起初"相同的身体。虽然跟自己的身体非常相似，但是她先于自己的身体，是异质、他者的身体。

毫无疑问，这个姐姐的形象只是一个表象，为了掩盖更为根源的母亲形象（比如说"米诺陶洛斯❶啊，能够找到姐姐［是她生下了我］的这一行"）。但是这么想的话，我们不就变成支持那俄狄浦斯❷式结构的一元性神话了吗？毕竟将我们欲望的结构归结到一个公式就足够显明了，但是至少在诗的"起初"问题上，那究竟是来自母亲形象的刻印，还是来自姐姐形象的

---

❶　希腊神话中的半人半牛怪物。——译者注
❷　俄狄浦斯（Oedipus，也作 Odipus 或 Oidipous），西方文学史上典型的悲剧人物，是希腊神话中忒拜（Thebe）国王拉伊俄斯（Laius）和王后约卡斯塔（Jocasta）的儿子，他在不知情的情况下，杀死了自己的父亲并娶了自己的母亲。索福克勒斯在古希腊戏剧《俄狄浦斯王》中丰富了其命运悲剧。——译者注

刻印，这种差异已经被决定了。极为草率地说，从与母亲的关系出发的诗——无论它走了多少迂回——最终都不得不归为这个命题：通过俄狄浦斯式的三角关系将自身确定为"父亲"。那里存在矛盾、斗争以及权力。与其相对，如果是从与姐姐的关系出发，就不可能超出彼此之间的二重、二元关系了吧。这种关系大概如同密室一般被密封，在那密封的空间内向着彼此共同的"起源"沦落，描绘出一条自我毁灭的轨迹。

比如在此——即使仅仅是有关雪的联想——我们也许会想到科克托❶《调皮捣蛋的孩子们》中保罗与伊丽莎白那不祥的命运，进而想到托马斯·曼❷《沃尔苏恩之血》中齐格弗里德与齐格林德乘坐化作密室的马车去剧院观看"女武神"的场面，当时天空中也是飘着鹅毛大雪。

不管怎么说，雪将姐弟与他们共同的"起源"隔绝。更准确地说，被这鹅毛大雪所囚禁的是姐姐的身体——或者作为身体的姐姐——以及一直没有身体，作为"孩子"的弟弟。随着姐姐的身体略微先行一步成熟，作为弟弟的"我"的身体终于被夺走。虽然是极为细微的差异，从其本身来看则是绝对不能被抹除的。穿过这个差异走到对面的话，即是无穷尽、无目的的走——这就是诗这种行为的命运。

为此诗必须虚构一次破坏性的喜悦。"仅此一次将我引向她房间的日子"——仅此一次，那一日，必须发生那样的事件。我拥有了姐姐的身体，并且借此拥有了自己的身体——这个事

---

❶ 科克托（Jean Cocteau），法国作家、艺术家，著有诗集《好望角》《寓意》、小说《波托马克》等以及多部剧本。——译者注

❷ 托马斯·曼（Thomas Mann），德国小说家，著有长篇小说《布登勃洛克一家》、短篇小说《死于威尼斯》等以及评论集。——译者注

件只能发生一次。虚构姐姐这个场合，可以说是必然性的诗的
战略吧。为了成就诗，那个紧急的事件也必须发生。因为诗就
是以那不可能发生的事件为目标。诗的可能性与那不可能事件
的仅有一次的可能性息息相关。与那庆典息息相关。仅此一次，
被那庆典的光辉所染，雪成为五彩缤纷的纸屑，爆发在如同被
火灾照亮的夜晚，这个夜晚刻在了"我"记忆中某个被遗忘的
角落。

> ……所以夜里
>
> 男人与女人的哄笑在五彩纸屑中摇晃
>
> 所以深夜里，五彩纸屑不停地落下
>
> 威士忌色的大海已经平息，蜡烛已经熄灭
>
> 庆典即是肉的饕餮之宴
>
> （《张开口吞下雪花……》）

尽管其他诗篇以"忧郁的庆典"结尾，这里的庆典却明显
符合其语义，是肉的祭典。在不断飘落的五彩纸屑中，"我"吃
着肉。那是什么肉，或者说是谁的肉——我们有这么问的权力
吧，是不是在暗示我们那是姐姐的肉呢？从死去的姐姐那雪白
的腿上撕扯下的肉——我不是在细品那肉——而是在大快朵颐。
因为这是"我"将身体占为己有的唯一方法。既不能化作木炭
也不能化作煤炭的"我"，借此将姐姐的身体同化。为了得到身
体而去吞食其他人的身体这种逆向同化（incorporation）——这
就是朝吹亮二《临终与王国》所梦想的极限《原情景》
（Urszene）。

因此，姐姐一直是"死去的姐姐"。姐姐死了，只能直接被

当作身体，被当作肉。但是有一点毋庸置疑，至少这并不意味着杀意来自"我"。与俄狄浦斯式关系中父亲之死不同，姐姐之死并不在"我"欲望的延长线上。它并不是作为"我"的行为的结果或者非结果，而是作为一个前提条件。即是说，姐姐正是由于被当作了身体，所以在某种意义上一直作为死亡的存在。回过神来的时候，仅剩下姐姐的身体而已。姐姐与"我"之间，什么事件都没发生，何况杀人的剧情也没有发生。只是在我的"幻想"中，仅此一次，大快朵颐姐姐的肉，这样的梦得以发生。

但姐姐是怎么死的呢？难道仅仅是因为她比我年长一点吗？难道姐姐与"我"这细微的差异中实际上隐藏着死亡吗？或者说不断飘落的雪，像电流一般穿过了姐姐的身体吗？

也许是这样的，接下来诗是这么写的：

> 你湿润的身体富有导电性
> 如同生满铁锈的鱼
> 街上仍旧飘着雪
>
> （《你湿润的身体富有导电性……》）

> 雪即是电，靠近这雪之电化作的强风
> 落英缤纷般，黯然失色又娴静的兰花
>
> （《谁听到……》）

但这或许是最终的答案吧。"电流"迅速通过身体，没有留下一丝伤痕，它正是死亡的别称。这么说来，为什么死亡要如此迅速地通过姐姐的身体呢？而且为什么死亡总是必须与雪紧密相关呢？不，应该换一种问法，这持续飘落的死亡之雪究竟是什么呢？

雪是什么——这是令人费解、愚蠢不堪的问题。但是，让我们以一句诗为线索，强行让这问题开花结果。

> 最初的力量来了
> 向着最初的黄河、尼罗河
> 传递着非洲、大西洋那遥远的流动，最初的雪
> 最初的力量来了，化作凝固的地球仪
>
> （《最初的力量来了……》）

雪是"最初的雪"，是"最初的力量"。毫无疑问这不是第一次出现雪。下雪时，它总是重新作为最初的雪，最初的力量。那是位于所有"最初"之前的力量，即是本雅明❶意义上的"太古之力"。因此，它与一种记忆息息相关——既没承载地球的记忆，也没承载宇宙的记忆。那是无限超越人类时间的一切，超越生死时间的一切，真正物质性的时间。那不是连续的时间，是太古之力，因此可以到达任何"现在、这里"的时间，它就是这样的力量。反反复复，每次都作为仅有一次的"最初的力量"来临的时间，而这不就是诗真正的力量吗？除此之外，还有哪里蕴含着诗的力量呢？

我们读《临终与王国》这部诗集，感觉它更像一部记录，内容是为了寻求诗的真正力量时那摇摆不定的迷茫与彷徨。此

---

❶　本雅明（Walter Benjamin），德国著名哲学家、马克思主义者，著有《发达资本主义时代的抒情诗人》等。——译者注

处诗人还没有写下值得命名为"作品"（opus）的东西。诗人非常清楚自己所写的东西还没到达可能成为"作品"的地步。但是他并不是急于写下"像是作品的东西"来自我满足，而是去摸索诗的真正意义。对于这部诗集的读者，其流畅性伴随着那遥远、仿佛随机移动的"前进"，但读到"最初的力量来了……"时，一种仿佛来自遥远的太古的力量降临了。可以说，诗仅在此处意识到其自身的力量。诗对自己进行了断言。

> 重力牵引落下的低语中嵌着
>
> 那个力量，最初的
>
> 条理清晰，过于纯粹的氢和氧
>
> 的丧亡，再次出现/切断那黑色强度的
>
> 星星/草丛，火焰在此燃起
>
> （《最初的力量来了……》）

　　雪在太古之力的牵引下飘落，而且以低语——即语言——打破了沉默。称其为死亡也好，文字也罢，白色的沉默化作了黑色的强度。奇妙的是，雪的白即是文字的黑，最初的力量自身已经化作死亡之力与丧亡。诗就是最初的力量，但是它终究是作为死亡的最初之力。这种力量使"再次出现/切断"成为可能。最初的力量是切断之力，是借着切断而生的力量。在同一篇诗中提到了飞舞落下（河流又被切断），那飞舞落下的柔软之力，但与此同时，时间再次（重新）被切断。这使我想起这首诗的前一篇中写道"所有时间流动都是美好"，这并非徒劳无功。虽然是我随意的推测，但正是对于时间之河的全面肯定才迎来了"最初的力量"；并且在紧随"最初的力量来了……"

的下一首诗中，作者优美地讲述了那个"瞬间"。

> 水、镜之水、音之水、眼的、臂的
> 腿的、指的、其他众水向那个瞬间涌
> 来
>
> （《水……》）

> 一滴水，一滴却大量的水，一滴却
> 多彩的水
> 地的、火的、人的、兽的，水
> 在接触的一瞬挥发
> 如此一般
> 那样的低音程合奏
> 遗失的地图之上
> 夺目的鸟儿正在飞翔
> 在那个瞬间
>
> （《水……》）

瞬间——那是被太古之力切断的时间。在此瞬间，持续飘落的雪仿佛一举化作了水，泛滥而来。这泛滥是"一个却众多"的泛滥。那几乎可用"残酷"形容的无限飘落的雪，伴随着太古的最初之力，变身为"一个却众多"的东西。这里已经不再是姐姐的身体。如果说它是导致姐姐的死，并且与那太古之力紧密相关的诗的力量的话，现在这个力量已经超越了所有死亡，这死亡本身已经再次化为"一滴却大量的水"。而且这里的水，在诗的瞬间，渗入"我"以及"我们"的体内。那里姐姐的身

体与"我"的身体已经没有分别。诗成功赋予"我们"的身体
水溶性。

所以，或许雪是太古的语言。没有发音也没有意义，但对
于我们来说，它先于所有的"最初"，是自始至终都在降下、飘
落的语言，是那亘古的、人类之前的物质性语言，是为填满那
"星星"与"草丛"之间的空间而降下的语言。诗人的使命，
或许就是接触这非人类的、太古语言的冰冷，凭借这死亡之力，
将其转化为人类的语言——至少是"鸟"的语言。将由重力牵
引的语言转化为至少可以飞翔的语言。通过姐姐的死、姐姐的
身体，无数的雪花化作了无数的飞鸟。

> 球形般隆起的庭园里
> 只有鸟啼声如此浓密，所有
> 之后都是稀薄
>
> （《球形般隆起的庭园里》）

> 孕育着爱的形态
> 几乎要被冻僵
> 鸟儿的啼鸣就在不知不觉间
> 浓密
> 硕大的镜子中映出的距离也变得透明
>
> （《球形般隆起的庭园里》）

这样伴随着趋于形态的意志，在密度与稀薄这新磁场之下，
诗与爱生根发芽。通过《临终与王国》，我们——与诗人一
起——可以说到达了那可能的岸边。"作品"（opus）也即将成

为可能。将姐姐的身体同化，作为水溶性密室的"我"的体内，被鸟啼笼罩的无止境的性爱也即将成为可能。

事实却并非如此。《临终与王国》与《作品》并非直接相关。在成为"作品"之前诗仍要完成一项工作，分量上说并不大，这部有决定性意义的诗集《封印吧！在其额上》却是必须完成的。关于这部诗集的创作，正如其名，就是封印。虚构也好，现实也好——不如说是不可能的现实——将姐姐那死去的身体所经过的空间，将那飘雪的空间永久封印，即封锁"雪道"。

> 封锁雪道
> 路上，与那恋上红叶的鹿相隔
> 沿着
> 溪谷的
> 蜿蜒
>
> （《封锁雪道……》）

> 散乱的死亡之
> 海，古老磁性的海面
> 表层上
> 让（雪）文字降落、溶解
> 封闭成圆环
> 封印吧！在其额上
>
> （《朝向死亡的空隙……》）

"（雪）文字"——这是封印最简洁的形态。之后，即使那雪被封印起来，不是仍旧在快速降下吗？然而并不是这样，降下的是文字，是诗的语言，是作品的语言。姐姐之死已经散乱。姐姐的身体已经变成"一个却众多"的第二人称"你"，溶解在太古的风景里。这样一个原故事便消失，原名消失，而且地穴化的密室就好像是其替身，"作品"这"一个却众多"的密室首次成为可能。

正因如此，那封印的记忆还残留少许：

这里从抹除一个名字开始

《作品》以这句话开头。既而抹除没有"最初"的"最初的情景"，将其封印，使诗的"最初的力量"得以轻松成熟。"作品"已经成为一个成熟品，而且无论它是怎样地成熟，都必须暗藏一个，以及无数的死亡。如雪花般降落的那无数的死亡，正如那遥远，太古的他者的记忆……

悬吊与反复

四、"我们"与死——守中高明的《砂之日》

静谧中我们面面相对

这夜晚再次

充盈了室内

数不清的砂粒上

我们颤动的瞳孔内侧

在那里

映射着

"精神的隔阂"

犹如古旧的暗箱

映照出来的都是我们那

反复的神秘宴席的证人们

可以试着想象，在写下"静谧中我们面面相对"这一行的瞬间，守中高明化身成了诗人。这一句是《砂之日》中第一篇《规矩》的开头。这第一部诗集带有完成日期的刻印，即"1990年4月20日至5月4日"，可以说在令人惊叹的短时间内，诗人为我们呈现出一个毫无混乱的固有的诗的世界。当然我们没有理由认为这第一行就是最先写下的，但是从权利上说，这一句预告了守中高明诗人世界的成立，并且给予了证明。

但是，有什么发生了吗？写下"静谧中我们面面相对"之后，究竟发生了什么？

无须赘言，这里发生的，正是"我们"。对于读过《砂之日》《未生谭》《二人，或者国境之歌》的人来说，很明显守中高明的诗首先是"我们"的诗。但"我们"又是谁呢？通过这个问题，我们——即谈诗、读诗的一般的"我们"——接触到守中高明诗中的谜团，即是说"'我们'是谁"正是守中高明在诗中打开的秘密。

这里的"我们"绝不是两个或者多个姓名各异的个体在彼此互动着。无论从现实还是想象，"我"即诗人守中高明正与别的什么人在"静谧中我们面面相对"，这句诗不就是这样记述的吗？这里没有发生什么事件。

然而事实是，"我"并不知道"那个人"是谁，"我"正与"非人的东西"面面相对，而且"我"认可了自己与这"非人的东西"并称为"我们"，即出现了命名"我们"的这个面对面的事件和场合。

换言之，可以说只有在"我们"这里，"我"才得以开始发话。所谓诗人，就是在沉默中，在无言中，似乎与沉默保持调和、似乎能够忍受沉默，在"静谧"中，在无限的静谧中开口说话的人。"静谧中我们面面相对"——这句话在静谧中讲出，在这句话的"静谧"中，与"我"面面相对的"谁也不是"般的"谁"，这与"我"极其相似的"非人的东西"，仿佛在亘古之时就已经存在于此，一直到现在。

即是说，直到说出"我们"这个词的时候，"我"才成为可能，或者说想要说的是"我"，却必然要说出"我们"，这是

"无关可能不可能逻辑的移动"，这种二重化，更准确地说是分身化，假如说在集中题名为《砂之日》这部作品里，也不可能不反映在文本之中。

> 我
> 我们二人
> 坐在此处
> 无关可能与不可能
> 在逻辑的移动之中

这种说法展示的是，"我们二人"与同一部作品中其他诗句所言明的"我一人"，仿佛同一现实的"表"与"里"，在绝对的隔绝处一致、共存。只有说出"我们二人"时，"我一人"才能实现表达与语言，我们可以简单地称为"孤独"或者"绝望"，但是这么说是不充分的。因为它并没有到达"我一人"拥抱着的——怎么说呢——本质性的"恐怖"。

虽说是"恐怖"，然而未必是对于即将到来之物的"恐怖"，亦不是对于现今的什么东西的"恐怖"。不如说是对已经到来了的，并且以后会反复到来的东西的"恐怖"。问题正在于这种"反复"。如果说守中高明诗中有一个贯彻始终的"主体"的话，"反复"是一个"轴心"，位于无数多样的意义论主体群之中，其他所有的主题都围绕这个"轴心"旋转，这是我们可以断言的。

事实上——如此我们总算得以回到"规矩"——开头的"静谧中我们面面相对"打开的，正是"反复"的"夜"。

> 静谧中我们面面相对
>
> 这夜晚再次
>
> 充盈了室内
>
> 数不清的砂粒上
>
> 我们颤动的瞳孔内侧
>
> 在那里
>
> 映射着
>
> "精神的隔阂"
>
> 犹如古旧的暗箱
>
> 映照出来的都是我们那
>
> 反复的神秘宴席的证人们

"我们""面面相对",这里打开的场合是"室内",是如同封闭的"古旧暗箱"一般的空间,是随之而来提到的"圆桌",并且"无数的砂粒"重复着充满散乱的场所,不,它是"每日"。"砂之日"指明的是反复的场所,正如诗集的最后两行(重复着离散与收缩/在无数语言的例子中)是为了明示与开头的一段呼应,所谓"砂",是处于无尽反复运动的语言,这种运动是不断"离散收缩"的不规则体,即生成形态意义的同时又脱离了形态意义结构,"砂"即守中高明接受的这种"诗的语言"。于是"我们"所分得的,正是"散乱的颗粒状的语言"。让我们来看看"规矩"之中,诗集之中唯一一处写到第二人称"你"的地方。

> 用声音的泡沫装饰身体的是你
>
> 如果吸入散乱湿度的是我

这里"你"与"我们"谈话，并且"我"聆听了"湿度"和"速度"。我们大概可以将这镶嵌第二人称（以长括号区分）声音结构的渊源定位于此，这种第二人称的声音在之后的诗集中广泛展开，大致占据了一半篇幅。

但是我们意图把注意力投向这个"如果"。"用声音的泡沫装饰身体的是你/如果吸入散乱湿度的是我"——诗句并非对"我"和"你"进行断言，只是对其进行假定，沿着"逻辑形式"进行如下的展开：

> 我们二人
> 赤手羞赧
> 抹去记忆褶皱的
> 两只猴子
> 非人非兽的嘴巴
> 喜好梦与形式的间隙
> 将异教的形色
> 毫无愉悦地咀嚼
> 拟态的乐趣
> 假冒的献祭

"拟态""假冒"——我们只能按字面去理解这些语言。倾向"梦"与"形式"之间的语言，在逻辑上绝对不是"真"，而是"伪"或者正是在"中间"的"拟（仪、戏、牺……）"。同样，"我们"与"伪造品"，即"人"相似却不同于人，与"兽"相似也不同于兽，被规定成"两只猴子"。但那也只不过是"如果"这种假设的逻辑形式，并不能形成一种断言。从语

言学上来看，言表内容在发话者的责任这里无法以"现实"即
"真"的形式被接受。"我们二人""两只猴子"——可以说两
个词构成了主语和宾语的关系，但是不能断定（assertion）。确
定的是这里缺乏将这种关系经由言语表达行为送还到现实的系
词，即缺乏具有断定关系的动词。

作为"规矩"的这首诗也是如此，但是守中高明的诗回避
断定，起到拖延这种断定的效果的"拟（仪、戏、牺……）"
形成特异的紧张节奏。频繁出现的体言结句，可以视为断定动
词，这样做延长、推后了它对下一行的修饰，多用逻辑连词，
或者用永久保留断定的疑问形式（这使我想到这篇称为"规矩"
的作品以"不能跨越栏杆下来么？"这种马拉美所谓的拟态形式
来结句），进而是无数的括号以及"——"的出现，这些诗的一
次性特征都是为了保留、回避断定。

也就是说，守中高明诗中的寓意，是向着现实抛锚的断定
功能的悬吊，同时借着散乱反复的、非断定性，即修辞性语言
空间的打开而成立。

但是，也不是一处断定都没有，比如"规矩"之后的"庭
院"中，的确——不是"我们"也不是"我一人"——出现了
"我"这种最简明的断定句，令我们惊愕不已。

> 米黄色的光
>
> 蓬勃地挥洒而下
>
> 在这冬日的庭院
>
> 我思考
>
> 比如
>
> 一个落下的柑橘

并非等待果肉那芬芳的腐败
贴近死亡的手段
为了遇见我自己的幽灵
最好的方法在何处？

同一部作品的另一处，还有一处具有两义性的文字。

因此我行走
沙沙作响的落叶
踏脚石上
澄澈空气中走过的
白痴的天使的
甘美的尿散发出香气
在这香气的引导下
就这样抵达
"形式之泉"

　　这里的动词"抵达"保留了断定，闭锁于使断定缺失的语言"形式"的反复喷发之中。虽然说不能将诗还原为故事，但这里并不是说将作品的内容形式化，而是将其成立的事件形式化，这样的话我们通览《砂之日》全篇，可以认为连接现实的断定仅仅在于"我思考"以及接下来的"我行走"。"我思考"——贴近"死亡"，"遇见我自己的幽灵"的方法；并且，这个"方法"已经将"我自己""幽灵"化、分身化，并且扮演作为拟态的言语同时，率先得到了"死亡"，并使其延迟。即是说将"死"置换为"诗"，将"诗"定义为向着"死"的反复"行走"。

事实上,"庭院"的最终部分是这样写的:

> 周围充满了
> 白头翁的哄笑
> 朽苔的种子
> 枯草的气味
> 修辞的狂乱
>
> ——
>
> 即刻我的
> 繁华的临终即将到来!

最后两行凸显了守中高明创作诗的一种消失点——但是,可以说不能把这里的"临终"与很多诗的题目,比如"死一般"或者"他者的死"混同。这是可以被讲述的死,不得不被讲述的死。然而,这里成为问题的"死"也不过是"我的死"这个事件,是决不能正面面对的事件,是决不能将其完全语言化的事件,是只有通过不祥的模仿与痛心的讽刺这样的修辞才能语言化的事件。"诗与真实"在此陷入险境。"我的死"不可能断定语言基于现实的真实。"死"切断了"我"与"我的人生""我的世界""我的现实"之间的"真",这里真正的语言已经不可能存在了。在"我的死"这绝对性前提下,所有的一切暂时都化为假冒、伪造(可以说是"假死的健康"吧!)。

如果说这是必然的话,反过来在饰演这必然之外还存在什么东西吧。诗正是以"拟"定义,预备那伪造的"宴席"。虽然不指望它能够平抚"死",但至少能够让我们"笑"。这里不用搬出巴塔耶，❶ 针对"我的死"的绝对真实性，"笑"是唯一的战略。文本表面没有响彻"哄笑"，但是，守中高明的诗，特别是《砂之日》，其背后的空间里充斥了喘息和悲鸣，那吊诡的"肉"的气息，他那"我的死"，不单单是虚构，我们可以领会到这些正是使"诗"成为必然的"诗的真实"。

我们仍然只是徘徊在这最初的诗集《砂之日》的最初几篇。可以确定的是，只是守中高明诗的成立，它似乎与自发性和歌的成立处于对立的两极——这在现代诗中也是极其罕见的——他的诗是作为一种战略，是作为针对"死"的战略接受的，并且只是通过将"我们"这个独特人称进行分割与分解清晰地展现给我们。《砂之日》即是说定着于自我提及性的"我们"的拓扑学，在其后是如何展开、"成长"、人格化的，对于这些问题的探讨，只能诉诸后文，但是令我们惊异的是，确定其出生的那幽灵般的"我们"在其后渐渐骨肉丰满、得到命名，甚至出现了影像，其周围甚至漂浮着清澈的欲望。这里有不可思议的诗的功效。诗在暗中培育了死亡。那里确实存在可以称为"救赎"的什么东西，我在不知不觉中领悟到了这一点。

---

❶ 巴塔耶，法国思想家、小说家、诗人，代表作《C 神父》《蔚蓝的苍穹》。——译者注

第三部

作为裂缝的语言

一、诗之"场所"·诗之"今日"——安德烈·杜·布歇的《荷尔德林，今日》等

　　卡珊德拉的语言…燕子的语言…传送出来的代价是消失，犹如空气中的蓝光。我就是天空中的那个蓝光，反射在空气里面。通过反射，回到光线当中。是谁总是在说，之后又是什么？这个之后亦用同样的语言说出，又被翻译成不同的言语。但是未来本身在大声地宣告，它已经忘记了自己，就如同一句已经说过的话…这句话，反向而来，或者盲目地始于第一个音节…抵达蓝光，然后遗忘…

　　　　　　　　　　《（哎呀，哎呀！阿波罗呀阿波罗》）❶
　　　　　　　　　　　　　　　　（埃斯库罗斯《阿伽门农》）

　　"诗人的志向是朴素的、最初的、直观的，而译者的志向是

---

　　❶　此处的日语原文为"おととととい、ぽぽい、だあ。おお、アポロン、おお、アポロン。"日语原文引自埃斯库罗斯《阿伽门农》（吴茂一译，人文书院版希腊悲剧全集 1，1960 年版，第 189 页以后），本文日文引用部分是参考该译本，原作者考虑到与法语之间的对应关系，原作者将日语译文稍作改动，特此列出。中文译文参考了罗念生的译作《阿伽门农》。——译者注

派生的、最终的、理念的"——本雅明在《译者的使命》❶ 一书中如是说。每次诗人的志向出演语言这原始之力的戏剧时，翻译不如说是一项为这原始之力指明方向的工作，二者作为贯穿历史的运动——作为贯穿历史前后、贯穿人类文化整体的运动，它占据了语言的两极。本雅明的工作，即要对抗"优秀的译者应该是诗人，薄才的诗人是拙劣的译者"这种偏见，将译者的固有使命从诗人的使命中区别开来并形成定式。但正是由于这两种工作的对立性，彼此又呼求他者，形成本质性的相辅相成关系。本雅明举荷尔德林❷与格奥尔格❸的例子，的确"不能单单以诗人的概念去把握，也不能单单以译者的身份去把握"，但是我们不得不如此发问，对于他们来说"诗人"是如何从根源性面向"译者"展开的，并且这些作品是如何蜕去单纯朴素、直观的诗的外壳，到达那仿佛是语言的起始，又仿佛是其终结的根源性领域呢？

让我们先提出一种假设——在我们现今的时代，诗已经不能停留在"朴素、最初、直观的"志向上了。对于献身于此志向的诗人，他们的使命，从现在来看，已经不是本雅明所提出的那种自明之理了。这原始语言的剧本，已经不能被这称为国语（Langue，法语）的大地安全地笼罩，已经不存在纯粹的国语这样一种东西。无论哪个国家的语言都被无数其他国家的语

---

❶ 日语原文出自本雅明《译者的使命》（冈子修平译，晶文社版本雅明著作集6"波德莱尔"，1975年版，第272页之后），之后引用的本雅明论文皆出自该译本。

❷ 荷尔德林（Friedrich Hölderlin），德国诗人，古典浪漫派的先驱，作品有诗歌《自由颂》《人类颂》《为祖国而死》等。——译者注

❸ 格奥尔格（Stefan George），德国诗人，德国近代诗的开拓者之一，著有诗集《心灵之年》《新帝国》等。——译者注

言拦腰截断，并且诗人发出的声音本身也被截断——被译者直面的语言所截断。危机并不是译者的使命，而是诗人的使命。诗的语言的起源性剧本中，翻译这种事态已经被迫出现，这即是诗的危机。对于诗来说，翻译是一种危机。奇妙的是，在我们的时代，诗的诞生却仰仗于翻译——那危机本身。

于是在现今的时代，诗人与译者已经不单是并列的、附属的关系。本质意义的诗人兼译者的大量存在并不是偶然。伊夫·博纳富瓦❶翻译的莎士比亚作品，菲利普·雅各泰❷那令人惊奇的译作《奥德修斯》，安德烈·杜·布歇翻译的荷尔德林以及策兰❸的作品等，仅仅在法国现代诗人中就可以举出好几个诗人兼译者的名字。对于这些诗人来说，翻译不仅是作诗的副业，我们可以察觉到他们所创作的诗也受到翻译工作形形色色的影响。但是问题并不在于此，这种超越翻译与作诗之间的相互作用，作为根源性现代诗语言的现场，其本身就呈现了"翻译"的容貌——这正是我们应该关注的问题。

比如说安德烈·杜·布歇——1970 年 3 月 20 日，他作为诗人兼荷尔德林文学译者被邀请参加于斯图加特召开的纪念荷尔德林诞辰研讨会，在那他发表了题为"荷尔德林，今日"❹ 的演

---

❶　博纳富瓦（Yves Bonnefoy），法国诗人，也积极从事翻译和评论，著有诗集《杜布的动与不动》等。——译者注

❷　雅各泰（Philippe Jaccottet），瑞士诗人、翻译家，代表作有《尘世之歌》《声音》等。——译者注

❸　策兰（Paul Celan），德国犹太诗人，以《死亡赋格》一诗名震"战后"德语诗坛，成为继里尔克之后最有影响的德语诗人。——译者注

❹　André du Bouché："Hölderlin aujourd'hui" in "Incohérence" éd. Hachette. 吉田加南子译为《荷尔德林，今日》，收入《杜·布歇诗集》（思潮社，1988 年版，第 127~154 页）。但由于翻译策略有误，作者在此视为拙劣译作。

讲。这篇演讲被收入到诗集《首尾破绽》（*Incohérence*）中，但是这次演讲并非以荷尔德林为主题，不如说他借着荷尔德林陈述了自己卓越的诗论：对于诗的根据的疑问。作为演讲这实在是一次破格之举，但并非没有先例。1960 年 10 月 22 日于达姆施塔特召开的格奥尔格·毕希纳❶奖颁奖仪式上，保罗·策兰发表了题为"子午线"的演讲。策兰在探讨毕希纳作品的同时，用鲜明的语言陈述了自己关于诗的根据的看法。而当时正是杜·布歇将策兰的这篇演讲翻译成法语，并收入 1971 年由法国信使出版社发行的《提前进入》（*Stretta*）法译本。❷ 即是说杜·布歇拥有两种姿态：他是将"子午线"从德语翻到法语的译者，同时又发表了与贯穿毕希纳文脉的策兰诗论相应的自己的诗论，从这种意义上看，"翻译"——这次是通过荷尔德林赋予自身的文脉进行陈述的。

但是，在杜·布歇演讲一个月后的 4 月下旬，策兰跳入塞纳河自尽。因此杜·布歇的这篇演讲在印刷出版后，常常标有"献给保罗·策兰"字样。杜·布歇在其他地方❸标明这里的"今日"是"保罗·策兰之死的翌日"。从某种意义上说，《荷尔德林，今日》中的"今日"，或者说"1970 年 3 月 21 日"这个日期，将荷尔德林的生与策兰的死联系到一起，正如策兰提到的"圆环"。或者说正是杜·布歇在其演讲中引用的"生即是死，死也是一种生"（Leben ist Tod, und Tod ist auch ein Leben）

---

❶ 毕希纳（Georg Büchner），德国剧作家，主要剧作有描写法国大革命的《丹东之死》、讽刺戏剧《莱翁采和莱娜》、悲剧《沃伊采克》等。——译者注

❷ Paul Celan. Strette［M］. Mercure de Fance，1971。《子午线》的日语译本名为《保罗·策兰诗集》（饭吉光夫译，静地社，1986 年版）。

❸ 后文会提及《蒂宾根，1986 年 5 月 22 日》。

这一诗句，仿佛指示一种恐怖的暗号。不仅如此，杜·布歇在演讲中正是在讲述叙述者的死，即诗人之死。

对于杜·布歇来说，策兰以这种方式完全贯穿了荷尔德林那"今日"又被策兰的"子午线"贯穿。事实上，杜·布歇第二次以荷尔德林为题演讲时❶——这次是在蒂宾根，1986 年 5 月 22 日——这里人们不仅回想起了"1970 年 3 月 21 日"（他原封不动地朗读了《荷尔德林，今日》的开头部分），而且这次他几乎通篇讲述策兰——那个遗留下写给荷尔德林，名为《蒂宾根，一月》的诗的策兰。关于那篇演讲——囿于篇幅，此处不深究该演讲的具体内容——以"谈了许多别的诗人，我想在讲述他们的同时也是在讲述荷尔德林"这句话结束。❷

《荷尔德林，今日》这篇演讲交织着荷尔德林与策兰那极为错综复杂的关系，那么现在让我们来倾听一下它的内容，杜·布歇如是说：

> 我并不是十分了解荷尔德林所使用的国语（Langue，法语）。我现在必须向诸位承认我这方面能力不足，但是诗往往独立于其所栖身的国语，我并不认为这种能力不足会成为阻碍理解作为一种单独存在的、诗的运动的枷锁。翻

---

❶ André du Bouché. Tübingen le 22 mai 1986［M］//désaccordée comme par de la neige et tübingen，le 22 mai 1986. Mercure de France，1989.

❷ 这种突出各种日期的手法，毫无疑问是受到策兰《子午线》的直接影响。策兰说："也许'1 月 20 日'这个日期可以写入任何诗中，或许今天所写的新诗正是在这个点上——正是在诗中这个日期得以被更加明确地铭记，我们难道不可以这样一试吗？"（《保罗·策兰诗论集》，第 85 页，文字略有改动）。关于策兰，以及一般诗中的"日期"的问题，请参考雅克·德里达所著《示播列——献给保罗策兰》（饭吉光夫、小林康夫、守中高明译，岩波书店，1990 年版）。

译荷尔德林的作品时，我并没有因为两种语言间的障碍而止步，虽然其中也有许多误译和改动，而这些正是我此刻站在这里的原因。虽然我现在说的是法语，然而我所说的言语，在今天，却并没有跟我混为一体。这些言语，其中有一部分对我来说是外语，所以说在这里，偶尔，会出现跟诸位分离开来的东西。

存在于说话内部的裂缝——它可以在我们各自的语言中被测量，此外所谓的语言——这里不得不补充说明的是——它指向自己的语言，这结果仅仅是偶然吗？——如果像今天这样，人们不是使用各自的语言，而是使用这样的语言，这仅仅是一个偶然吗？如果我们能够实际感受到这一点的话，此时在这裂缝之上——从既得的语言词汇出发，人们所把握的所有词汇试图将那一部分盖上注销的印章，有时，我们可以从这个裂缝上以极近的距离窥见上述的盖印过程。

在这次演讲的开头，杜·布歇从听众眼前的这位横跨两种语言的演讲者，即从切断对于翻译的需求这一状况出发，一举将"裂缝"定位在一个范围之内：从更为一般性的言语到"说话"的本质内在。为此他强调，将某种语言定为自己的国语纯属偶然。比如将法语定为国语纯粹是一个不言自明的偶然事件。但实际上我们在说这种语言的瞬间，不是已经忘记了一个事实吗？——那种语言成为我们自己的东西"纯属偶然"。所谓的偶然，就是不含任何动机、不含任何必然性，既不植根于语言的集团，也不植根于世界之中。国语对我们来说只不过是语言的一种偶然形态。所以反过来说，从国语这边来看，或者说从反过来的角度，那种偶然的言语存在形态是无法还原的，至少存在可以从国语的形态中独立出去的东西。杜·布歇在谈论荷尔德林的同时，将诗的运动本质断言为"独立于被铭刻的国语之外的存在"。诗在被铭刻于某种国语的同时，又是独立的语言运动。所以不得不补充说明的是，这种关于诗的语言的思考，绝非一般性。一般会认为诗的语言的根据是赋予意义与被赋予意义之间的必然性结合。在此诗人将所谓的"符号的任意性"理解为必然性，借此将交换、消费国语的"未成熟语言"转化为诗的"本质性语言"。这么看来诗的运动不如说是从国语独立的运动，并且是"存在于说话内部的裂缝"的运动，可以说杜·布歇的这个思考方向是很奇特的。

这个思考，在紧接着刚才引用部分的段落或者选段中，作为不能将言语还原至意思——意义这个区间的东西，即在不同于意义的水平上被把握，但它确实也要遵循那特异的力学必然性吧。

　　突然之间，与意义作用隔开的地方——赋予那里的意义作用以及我的权威之力将被送达至此的意义作用拦腰截断——我听见了一种语言。虽然声音很微弱，但是侧耳倾听，从我所理解的意义作用来看，有时会成为完全自由的语言。那时的我，正如我说话的瞬间所接触到的时点，我感知到语言逃离而去了——但是在此，即使说话时形成的意义明显受损，也并不是所谓的亏损。不仅如此，这种语言的领域正是无法穷尽的领域——难道一句话很短就不是如此了吗？即使一句很短的话也是如此；并且——我在这讲话，我们在这讲话，我们做梦也不会想到会被迫从这个地方分离——从我们各自国语的那份厚重中分离，从而发现我们彼此被置身于当中的这种距离，正痛苦挣扎在强加于我们日常"说话"的这种歪斜中——我们听到的这个语言，在这里也同样地被当作外语喧嚷……总是那样尖锐——或者是低沉——号叫——噪音……而后不得不被沉默笼罩。Ein Zeichen... deutungslos... 绝种的语言，正在截断我们彼此"所有"的，继承"possèder"的国语，外部正在入侵，外部正在夺取（dépossession）所有权的这个紧迫点——这剥夺所有权的紧迫点立刻显现于外部。Ein Zeichen... deutungslos... 即作为意义的缺失，一个征兆（记号）……在我们所有的国语之中——最初在意义的黑暗处——被说出。因为这种语言向着光明诞生的一瞬，仅仅是一瞬间，之后就被捕捉而去。那就是外国人的语言——从外部而来，不能被熟练地使用，或者说本应是自己国语的国语，真正的国语，注定不能使用的人的语言……

法语演讲中突然出现的德语词汇，比如说突然出现的"Ein Zeichen... deutungslos..."——正如其字面意义"意义缺失的征兆（记号）"。对于德国听众来说那是可以立刻理解的词汇，但即使如此，在那一瞬间，它们也成为指示"外部"的"被沉默笼罩的噪音"。那是外部的词汇，是外国的语言。它切断了我们对于"国语"的所有权，让我们在那一瞬间得以窥见、触及那不可能还原成国语的外部空间。这种外部语言的侵入，未必发生在直面外语进行翻译的情况下。杜·布歇指明它发生在"我们所有的国语之中"。比如说诗——诗人正是将自己的国语当作外语来说的人。

事实上，Ein Zeichen... deutungslos...——这句话出自荷尔德林《记忆女神第二稿》选段。这里歌唱的是"对于一个印记/我们无从解答/感受不到痛苦，几乎/将语言遗失在他国"。❶杜·布歇在这诗句中，使那一部分遗失，但作为"一个征兆"的 Ein Zeichen... deutungslos... 是"我们"——并且是"将语言遗失在他国的我们"。

讲完这段，杜·布歇又引用了狄德罗❷的书信："我认为说或写某种语言，就好比是盯着门上一个突然出现的孔，突然一条光线照亮了孔洞的内部，又瞬间暗淡下来，通过那个孔，我完全洞察了公寓的内部。"通过化作小孔的语言——一瞬间——光线从外面、从外部射进来，并且那化作外部之光的语言已经不再依靠说话者"欲言"的意图，成为不受国语所规定的意义作用约束的自由语言，成为野蛮，但同时也是真正的诗的语言。这也表明了诗人杜·布歇作品中的空白被解释为何种方向。即是说，在他的诗中，语言必须被当作那个光线射入的孔来理解。在那空白处，此处的法语并不是按照审美的标准被布置排列，而是作为并非法语的语言，作为外语，外部的语言被书写。诗的语言将国语这"门"与"墙"一分为二，如一把利刃横插其中，诗就是这运动本身。所有的语言在这文本中都如"Ein Zeichen... deutungslos..."般回响，而且不言自明的是，杜·布歇的大部分诗作都是在描写这种带有锐利锋芒，急切逼近的运

---

❶　日语原文出自河出书房版《荷尔德林全集二》（手塚富雄、浅井真男译，1969 年版，第 241 页）。这种表达方式在第一稿和第三稿中未曾出现。

❷　狄德罗（Denis Diderot），法国启蒙思想家、唯物主义哲学家，作家，著有《哲学思想录》《对自然的解释》《达朗贝和狄德罗的谈话》《关于物质和运动的原理》等。——译者注

动瞬间。

这样来看，诗人本质上是作为"外语"言者而存在，这个定义与《荷尔德林，今日》演讲中的一个惊人的神话形象紧密相连，那就是特洛伊的公主卡珊德拉。杜·布歇百转千回，历尽周折，使诗的声音在那发疯的公主口中发出。

接着刚才的引用部分，杜·布歇——作为演讲的草稿是理所当然的——呼唤荷尔德林，然而那被呼唤而来的荷尔德林正是作为索福克勒斯❶译者的荷尔德林。而且他从战争时期首次读过的英文版荷尔德林作品集中，直接引用了"歌德对于这些翻译的一些众所周知的评论，他认为这些是不恰当的"。不恰当的（Ludicrous）翻译，荒唐可笑的翻译——即"人类语言之外，他们的国语之外"的语言，如同"森林的嘈杂"……喊叫……从林中的喊叫……的语言。从荷尔德林版索福克勒斯的"荒唐可笑"，经由"森林的嘈杂"，在此卡珊德拉被突然召唤出来。众所周知，索福克勒斯创作的戏剧中没有卡珊德拉这个角色。这里的卡珊德拉正是埃斯库罗斯的作品"阿伽门农"中的卡珊德拉，但是除了索福克勒斯与品达罗斯❷等人的作品，荷尔德林应该没翻译过埃斯库罗斯。所以，杜·布歇在荷尔德林所翻译的索福克勒斯作品周围单独呼唤出卡珊德拉。

卡珊德拉（Cassandre）——这个名字的发音与法语的"裂缝"（Cassure）类似。卡珊德拉这一具有异域风情的名字，已经成为"裂缝"之名，并且被太阳神阿波罗授予预言的能力，但

---

❶ 索福克勒斯（Sophocles），雅典三大悲剧作家之一，著有《安提戈涅》《俄狄浦斯王》等。——译者注

❷ 品达罗斯（Pindar），古希腊抒情诗人，著有《赞美诗》《阿波罗赞歌》等。——译者注

是作为对欺骗阿波罗的惩罚，她的预言无人相信，这阿波罗的
巫女所说的语言，从根源上讲是碎裂的语言，但光线通过那裂
缝射入，它也是这样的语言。

卡珊德拉打破那良久的沉默，此时她的声音，她试图
从口中发出的，只是作为意义不明的低语，单纯的喊叫，
再次的沉默，封口的书信……出现。"但是明明我们可以说
希腊语……"——"但太阳神的神谕也意义不明"，合唱队
如此回答那良久沉默之后突然发出的奇异之声。箭矢一般
的语言，但欠缺透视力，未能把握其告知的内容。这么说
来这里的语言，正是说话者……接着是听者的消亡——但
首先是说话者的消亡，即告知卡珊德拉那迫近的死亡的语
言。于沉默之上造访的语言，那是某种——无意义的——
征兆（记号），是噪音或者沉默的征兆，是在可感知的时间
内无法还原到国语，将国语切断的征兆，但是——唯有通
过这个国语，此征兆才能化作明亮的光芒……其中一部分
语言既逃离了说话者也逃离了听众，卡珊德拉的语言，最
终成为那无内容的语言，但我们只要听到，哪怕只是一丁
点，在无法下定任何结论的情况下，它将成为必须被记录
的语言……那显然是被所有意义作用排除的语言，外国的
语言，它只能被理解为：行在路上，位于差异之上的噪音。
在恰当之时给差异刻上印记的噪音，厚重表面之上的嘈杂，
摩擦声——特别是我像以往那样发音不清晰的时候——在
达到饱和状态之前引起混乱的语言，是作为意义内部的伤
口出现；并且在我们"说话"的内部，是作为预先到达的
未来的反复入侵出现。对于我们各自来说，在那未来的、

无法居住的，即将临近之时，我们再次面对那难以逃避、作为离别之时的征兆——正与这种情况相同：从这语言上来看，它在发声的一瞬间，空气的破裂声或者那静寂，即所谓的支撑，像往常一样，借由他人的耳朵，再次回到了优势地位……

这样一来，卡珊德拉的语言——或许是诗的语言——已经成为宣告讲述者死亡的语言，杜·布歇如此解释。这语言带有迫近的"无法居住的未来之时""我们再次面对难以逃避的离别之时"的征兆（记号），是缺少意义，并且缺少未来的语言。尽管如此，它却是预知未来的语言——预言；并且是告知说话者与听话者的消亡，即该集团的消亡，同时是告知我们与国语之间的联系已被切断的语言。但是这里杜·布歇强调的是，该语言成为预言之前，是野兽的语言、动物的语言。根据合唱队队长对克吕泰墨斯特拉所说的话，闭口不言的卡珊德拉"像一头刚刚被捉住的野兽"。作为阿尔戈斯王妃的克吕泰墨斯特拉对卡珊德拉说："啊，若不是像燕子般掌握了那意义不明的野蛮外国语言"或者"（如果没明白我的意思，）你用野蛮的手势代替语言怎么样"。杜·布歇在克吕泰墨斯特拉的此番话处打住。野蛮的语言、野兽的语言、燕子的语言——并且凭借着这奇妙的运动，杜·布歇的写作从"燕子"出发，一举回到荷尔德林中去。燕子，即 Schwalben——以及"燕子的叫声"（Geschrei von Schwalben… Schwalben Geschrei…）。这里呼唤的是荷尔德林未完成的草稿《在半神与族长的生涯里……》（《或者在那塔顶的

周围/温顺的燕子们那嘈杂的啼鸣》），❶同时还有疑似伪作的
《美丽的蓝色之中》（"周围飞来飞去的燕子的叫声"）。❷特别
是被视为伪作的后者，末尾处"（拉伊俄斯的儿子哟，）在希腊
哀伤的外国人啊。生即是死，死也是一种生"，这对俄狄浦斯王
所说的话，同时也成为这篇演讲的另一个线索，但这里就不对
其内容进行深究了。对于杜·布歇来说，荷尔德林从翻译索福
克勒斯开始，经过"森林的嘈杂"、卡珊德拉以及燕子——形成
一个圆环，像燕子一般在荷尔德林这座塔的周围环绕——可以
说回归到了俄狄浦斯，只不过从根本性意义来讲是作为"外国
人"的俄狄浦斯。

　　杜·布歇的文本像一个个小孔镶嵌在《美丽的蓝色之中》，
这些语言被编织在一起，同时环绕在作为遗忘的"蓝色""宁静
的生命"（ein stilles Leben）或者开头处教会的"白铁皮屋顶"
（das Blech）周围，寻求这种诗的场所：作为众多语言互相交错
的场所，以及那截断与裂开的场所。对于杜·布歇，荷尔德林
这个名字的根源性意义在于，诗与翻译的一致性在这个名字上
得到了昭示。

　　　　众多的语言——同时也是众多的通路，众多的道
　　路……是薄板上即刻出现的分歧点……我们的国语相互混
　　杂，形成众多的语言，这样一来国语就在这一点上重新被

---

　　❶　河出书房版《荷尔德林全集二》（手塚富雄、浅井真男译，1969 年版，第
302 页）。此处为收入《赞歌草案》的一首残诗。

　　❷　这部作品很有可能是伪作，河出书房版全集就没有收入此作。但是德国方
面，可以称为荷尔德林全集官方版的《斯图加特大版》将其收入最后部分"带有争
议作品集"中。

分割，彼此切割——而那一点，在这里就是指荷尔德林——它是不动的，从共同的场所引出的，但同样蕴含在国语的厚重之中，它位于语言的路程之上……当呼吸，或者说这种空虚缺席时，它被形容为具有色彩、空虚的迷惑，即从实证来看，没能完全落入所谓的蓝色之中——蓝色（Bläud）——那是生命（Leben），既是最初又是最后的语言，或者说是"遗忘"，又仿佛是因为翅膀画出线条时的敏捷……

一直处于形成状态的这种遗忘——宁静的生命——在其周围，一个词语以庞大的数量，正在无止息地双重化、多重化。这个词语稍稍先行于任何瞬间，并且在随后的令人目眩的时间里，每一次振翅，在所有的迷惑之外，在这数以千计的振翅的支撑之上，发现那消逝的时间。

"房顶的薄白铁皮"已经宣告了诗应当被写在哪一张纸的表面。写下的词汇，比如"Bläud"，被翻译为蓝光（"bleu"）或"蓝色"之前，时间本身在那一瞬出现在那无穷无尽的空虚之中。那时这些词汇已经不属于任何一种语言，它们成为无数交错的语言，也成为被遗忘的语言。它们不属于任何一种语言，而是处于作为诗的外语，作为没有母语的译诗的位置。因此，杜·布歇以下文结束本篇演讲。

这里没有关于任何诞生的记忆。即使这么说，我们也不具备任何生来的语言，包含着一种语言的表面掠过其上，拦腰截断，并且将其掳掠而去。不能让祭司住在人们翻阅的书页上。今天那没有任何继承人的薄板、白铁皮、屋顶都归属于那遗忘的蓝色。作为祭典、祖先的语言、唯一的语言——作为最初的、单一的语言——诗，是毫无用处的东西。对于今天来说，甚至不存在那样一个场所。对我们来说，应当驻足的场所以及根据都不存在。我们既不能那么做，也不能那么希望。我们——或许那切断的沉默被整体把握——归属到了外部。在此我们每一个人——都必须到达那里——位于停止的裂缝之上，而这停止并不单单是中断。

作为最初的语言、唯一的语言的祭典，诗已经成为不可能。诗的"今日"，在"朴素、最初、直观的"语言中已经丧失了根据。不如说它是裂缝这种非场所的瞬间运动，即只能朝向遗忘与消失的运动——而这正是《荷尔德林，今日》所要点明的。

如果是这样的话，从开头提到本雅明的译者论出发，最后我们有权利提出这样的问题：那"外部"——空之"蓝色"的"外部语言"，是否就是本雅明提出的"纯语言"（die reine Sprache）。本雅明说"在翻译中，原作正向着比语言更高层次、更澄澈的大气层延伸"。翻译即是以"美丽的蓝色"为目标，所以他又展开了翻译即是"死而后生"这一奇特的理念。杜·布歇在这里所说明的是，诗的语言在某种义上说，正是自身的"死而后生"。从根源上讲，诗就是翻译——只不过是没有原作的翻译，是从一开始原作就缺席的译作。关于荷尔德林翻译的索福克勒斯作品，本雅明评论说："其中的意义从一个深渊跌至另一个深渊，迷失于语言的无底洞之中。"而这一定就是杜·布歇所谓的"诗的场所"。

解体的场所

二、眼睛、眼神以前——奥维德的《变形记》

　　黝黑的水泽仙女利里俄珀，是第一个试探他预言的人。原来她曾被河神科菲索斯的狂澜掳去，在波涛之下遭到玷污。而后这位美丽的仙女生下一个人见人爱的婴儿，起名为那喀索斯。

　　那喀索斯的故事得以广为人知，主要归功于奥维德的《变形记》。

　　将这位罗马诗人的时代向后推两个世纪，旅行家帕萨尼亚斯❶在《希腊志》中提到那喀索斯有个"连容貌都极其相似的双胞胎妹妹"，深爱的妹妹死后，那喀索斯以映在泉水中的自己的倒影作为慰藉。按照这种说法，那喀索斯并不是自我欣赏，而是透过自己的倒影去恋慕他者的面容，所以在这里自恋情节说不通。因为自恋情节已经被封印在"双胞胎兄妹"——这一普遍可以从各地神话中找到的原型之中。

　　尽管这种说法比起奥维德的故事更为真实、更为原始，并且为帕萨尼亚斯文学所特有，但是关于这个故事的描述过于简

---

　　❶　帕萨尼亚斯（Pausanias），公元 2 世纪罗马时代的希腊史地理学家、旅行家，《希腊志》一书的作者。——译者注

单，没有明确的文字进行深层挖掘，所以对于那喀索斯这首尾呼应的故事，我们只能将"双胞胎妹妹"的解释向着厄科❶展开并转移来进行理解。

我们首先需要了解的是，关于那喀索斯的故事，哪些是真实的，哪些是诗人奥维德诗的灵感，但这无从判断。之所以特意指出这一点，是因为我们要快速地环绕其周围——正如文字所示的"场所"，它那精练的文学姿态，与其说它属于维奥蒂亚❷的本地神话，不如说它属于罗马诗人的想象更为人所接受。实际上不言自明的是，看透那穿过神话故事底部的暗流，并赋予其语言，才是诗的直观，这样一来我们的注意力最终也溶解在那幽深的水中去了。

话说回来，使我们驻足停留的那个场所，从某种意义上讲是无关紧要、理所当然的，但同时那也是那喀索斯这部戏剧全部场景的所在，即映出那喀索斯身影的那口泉水。随着奥维德故事的展开，我们读到厄科被那喀索斯愚弄而受伤、失去了肉体，仅剩下声音在回响。同样被那喀索斯轻蔑的还有许多仙女和青年，其中一名青年诅咒那喀索斯说："我愿他只爱自己，永远享受不到他所爱的东西！"❸ 这愿望传递到了复仇女神涅墨西斯的耳中。

　　　　附近有一片澄澈的池塘（fons erat inlimis），池水晶莹，

---

　❶　厄科（Echo），古希腊神话、罗马神话中的仙女，因为爱说话得罪天后赫拉，被剥夺了讲话的权利，只能重复别人说过的最后几个字。——译者注

　❷　希腊历史地理区，位于希腊中部。——译者注

　❸　此中文译文引自《变形记》（杨周翰，译．北京：人民文学出版社，1984：40），下同。——译者注

像白银一般（nitidis argenteus undis），牧羊人或山边吃草的羊群牛群从来不到这里来。水平如镜，从来没有鸟兽、落叶把它弄皱。池边长满青草，受到池水的滋润。池边也长了一片丛林，遮住烈日。

之后狩猎疲倦并苦于酷暑的那喀索斯来到这个场所，然后便是众所周知的倒影一幕。但是在进入戏剧的核心之前，我们先停留在了这个无关紧要的泉水（上文引用部分译作"池塘"）处，当然这是个无关紧要的记述。可它难道不是个准备周全的特别记述吗？如果说那喀索斯只是想要看自己水中的倒影，不论在哪口泉水都能做到，所以说这口泉水是奇妙而特别的泉水，这么说来它难道不是一口神圣的泉水吗？它固若金汤，全然抵御他者的侵入。牧羊人也好，山羊也好，甚至连树上落下的枝干，更令我们惊异的是——日光——都不能侵入、侵犯那里。青草和丛林守护在它的周围，那是全然不知道他者的纯净之泉。

既不知道世界，也不知道他者的完全纯洁——或者从这个观点来看，那喀索斯的故事也是——正如众多希腊神话，比如说狄安娜❶沐浴——纯洁与侵犯的故事。所以，泉水可以说是完全纯洁的场所。

毫无疑问，对纯洁的第一层解释是那喀索斯自身的纯洁。"我愿他只爱自己，永远享受不到他所爱的东西！"——这正意味着那喀索斯打破自身那傲慢的纯洁，知道了他者，同时也应

---

❶　狄安娜（Diana），罗马神话中的月亮与狩猎女神。——译者注

验了忒瑞西阿斯❶的预言——"不可使他认识自己"——那喀索斯认识了自己。认识了他者就是认识了自己，意味着将无法挽回的伤痛、差异与距离……即眼神，倾倒在那遮挡一切，完全沉浸在自我同一性的"白银般晶莹"的池水之中。一个眼神诞生之时，我们已经不能逃离这自己与他者之间的距离，这妨碍绝对性诱惑与绝对性合一的疯狂的距离——或许直到死亡（或者超越死亡）都不能逃脱。

这样一来，那泛着"白银般晶莹"的澄澈泉水，那连光线都拒绝的泉水，就是没有倒映过任何他者身影的那喀索斯的眼睛，我们可以将这双眼睛与那眼神之前的眼睛一视同仁。那澄澈的眼睛、没有眼神的眼睛，或者反过来说眼神才是那最初、原始的暴力，谁也无法逃离那种暴力。

那喀索斯的眼神入侵了他自己的眼睛。不，已经不能说那只被入侵的眼睛属于他了。

这样的话，我们就来到了第二层解释，这则故事开头还藏有一种暴力，另一种侵犯。那是那喀索斯自身产生的暴力，即那喀索斯父母之间的暴力。他的母亲是水泽仙女利里俄珀（caerula Liriope），"有时河神刻菲索斯用巨浪卷走利里俄珀，在封闭的水下施暴"。水泽仙女在水中被河神夺去纯洁，其结果就是那喀索斯，这么说来那喀索斯的本质就是水，而且是作为侵犯水之纯洁的后果的水。即是说那喀索斯在出演以眼神入侵封闭自守的泉水，形成眼神这部戏剧的同时，还在暗中重演他的出身，以及自身并不知晓的起源暴力的戏剧。因此，泛着"白银般晶莹"的澄澈泉水就是母亲利里俄珀，凝视自己身影的眼神就是

---

❶ 忒瑞西阿斯（Tiresias），希腊神话中的一位盲人预言者。——译者注

那侵犯了她纯洁的父亲的眼神，自己与自己之间闭锁的戏剧（自恋情节）的故事情节在被读懂的瞬间，在所谓的自恋情节形成之前，已经不能构成俄狄浦斯式稳定的三角形，而是向着一种流动的，从起源不断涌出的，事件论上的父—母—子的灾难崩塌陷落。

根据一般性精神分析，随着时间的推移，最初的自恋情节会发展到恋母情结。此处我们稍作涉猎的另一篇关于那喀索斯的故事，可以追溯到原本的自恋情节之前，它将我们带到另一个非结构性起源事件的没有记忆的记忆中，带到这种不可思议却命中注定的关系中去。

注释1　原文中引用奥维德的部分，原则上是出自《变形记（上）》，中村善也，译．岩波书店，1981：112-121．

统合之"场"

三、耶路撒冷的封印——《圣经》

　　他们行路上耶路撒冷去。耶稣在前头走，门徒就希奇，跟从的人也害怕。耶稣又叫过十二个门徒来，把自己将要遭遇的事告诉他们说："看哪，我们上耶路撒冷去，人子将要被交给祭司长和文士，他们要定他死罪，交给外邦人。他们要戏弄他，吐唾沫在他脸上，鞭打他，杀害他。过了三天，他要复活。"❶

　　耶稣说："耶路撒冷啊，耶路撒冷啊！你常杀害先知，又用石头打死那奉差遣到你这里来的人。我多次愿意聚集你的儿女，好像母鸡把小鸡聚集在翅膀底下，只是你们不愿意"（《马太福音》第二十三章第 37 节）。耶稣这个"事件"的命运和目的地就是耶路撒冷，这早已注定。耶稣必须到达耶路撒冷，然后在那里流血牺牲。"虽然这样，今天、明天、后天，我必须前行，因为先知在耶路撒冷之外丧命是不能的"（《路加福音》第十三章 33 节）。从某种意义上讲，耶稣接受了自己的命运，朝着耶路撒冷这神的场所，同时也是向自己的悲惨之死不断行进。但是耶

---

　　❶ 日文部分引自《新约圣经》（前田护郎译，世界名著 13《圣经》，中央公论社，1978 年收入），本文中文圣经内容全部引自《圣经和合本》。——译者注

稣并不单单是受自身存在的催促而奔赴耶路撒冷。他之所以奔赴耶路撒冷，是为了"聚集"耶路撒冷之子。那些被分散、分割的"子"——不，从本质上说应该是把那些"子"聚集、整合为一体。那不是政治或者权力的统合，而是将"神面前"的人们聚集在一起。因此，占领耶路撒冷这座城是一个必要条件。

耶路撒冷——这是圣经世界的特殊点。它是一个神圣的场所，但同时——正因如此——正如耶稣所言，耶路撒冷非但没能聚为"一"体，反而是分散、分裂开始的场所。这里既存在强大的向心力，同时也存在将"一"无限拆散的离心力。两种力量不断地冲突，荣光与暴力形成巨大的旋涡呼啸而上。

圣经世界是这么认为的。这么说来合并旧约、新约的这本《圣经》的主题不就是耶路撒冷吗？所有的变动都指向耶路撒冷，或者在耶路撒冷发生。"于是，他们将亚多尼比色带到耶路撒冷，他就死在那里"（《士师记》第一章第7节），"犹太人攻打耶路撒冷，将城攻取，用刀杀了城内的人，并且放火烧城"（《士师记》第一章第8节），"那人不愿再住一夜，就备上那两匹驴，带着妾起身走了，来到耶布斯的对面。耶布斯就是耶路撒冷"（《士师记》第十九章第10节），"大卫将那非利士人的头拿到耶路撒冷，却将他的军装放在自己的帐棚里"（《撒母耳记上》第十七章第54节），"大卫和跟随他的人到了耶路撒冷，要攻打住那地方的耶布斯人"（《撒母耳记下》第五章第6节），"于是约押起身往基述去，将押沙龙带回耶路撒冷"（《撒母耳记下》第十四章第23节）……不胜枚举。人、物都朝着耶路撒冷而去，闯入城内，又从那里出发，随后又返回那里。每次记载这种变动时，都伴随着暴力、流血、火灾、无数死亡、骨灰洒落。与其说圣经是记载神的教谕，不如说它记载了发生在耶

176

路撒冷的种种激烈变动。耶路撒冷——按照勒内·托姆❶的理论——是围绕灾难点的力学时空中形态生成变化的记录。耶稣这个事件，正像众多可能的必经之路中的一条所形成的拓扑学空间记录。可以说这条必经之路在这个空间内，其原本已经具备决定性形态变化。它想在混沌与秩序不断生成变化的空间导入某种疑似安定性的东西。

然而真的是这样吗？不如说耶稣正是从安定化、统一化的失败上，揭露了耶路撒冷的本质。我们应当回想一下圣经之后的耶路撒冷历史。如果说圣经真的是耶路撒冷的故事，我们应该可以想象到基督之后的另一本"圣经"——它的最后一页记载着今日的耶路撒冷——"负的圣经"。耶路撒冷被分割了，从四面八方而来的变动朝向一个共同的目的：分散和分割耶路撒冷。有抗争、暴力，也有流血，分散之力与集合之力激烈碰撞，耶路撒冷从古至今一直是这样。耶路撒冷在"神的名"下，刻下"一"的记号，但同时又刻下了"分散"的记号。而"名"正是那样的东西，"神的名"除了激烈的灾难，别无所指。

"耶路撒冷的民哪，我可用什么向你证明呢？我可用什么与你相比呢？锡安的民哪，我可拿什么和你比较，好安慰你呢？因为你的裂口大如海，谁能医治你呢？"（《耶利米哀歌》第二章第 13 节）——我们或许不应该封印耶路撒冷。没有什么人或者什么东西能占领耶路撒冷，那里只有严格意义上的"虚无"在掌权——那是一个人的遥远梦想，他既不是基督教徒，也不是犹太教徒，更不是伊斯兰教徒。但如果不是那样，"神的愤怒"与"人们的叹息"会迎来终结吗？如果不抹除那铭刻在上

---

❶ 勒内·托姆（René Thom），法国数学家，突变论单位创始人。——译者注

的"名",不将其化为"虚无"的话,那么新的名、新的场所该如何成为可能呢?——"得胜的,我要叫他在我神殿中作柱子,他也必不再从那里出去。我又要将我神的名和我神城的名(这城就是从天上、从我神那里降下来的新耶路撒冷),并我的新名,都写在他上面"(《启示录》第三章第12节)。只是"虚无"拯救了耶路撒冷——我是这么认为的。

生成变化与事件

四、沙漠中的逃亡线——保罗·鲍尔斯的《遥远的插曲》

　　九月，夕阳将天空燃成一片火红的那个星期，教授决定去拜访艾因·塔多伊尔。那是个温暖的地方。他随身带了两个小旅行包，里面装着地图、防晒霜以及药物，日暮时分他乘着汽车穿过平坦的高地。十年前他在那个村子住过三天，虽然时间短暂，但对于交下咖啡店老板这个人已经足够了。之后他跟那个老板有书信往来，不过只持续了一年。汽车摇摇晃晃地下坡，驶向那温暖的大气，教授嘴里却一直念叨着"哈桑·拉尼玛"这个名字。方才前方的天空还在熊熊燃烧，转眼间陡峭的山体迎面扑来，沿着那些尘土弥漫的车辙，教授的车驶入了峡谷。与富含臭氧的高原不同，这里的空气混杂着许多气味，橙子花香、胡椒、被太阳烘干了的粪便、烤干的橄榄油以及腐烂的果实。他怀着幸福感闭上双眼，这一刻他以纯粹的嗅觉环游了世界。那遥远的过去又回来了。虽说是过去的时间，但他难以分辨。

　　司机坐在教授旁边的座位，他目光不离眼前的道路，对教授说：

　　"您是地质学家吗？"

　　"地质学家？哪里的事，我是语言学家啊。"

　　"这一带没有什么语言吧，只有方言啊。"

　　"对，我就是来调查马格里布方言变化的。"

　　司机显出一副轻蔑的神情，"那您应该试着再往南走，那儿应该有至今闻所未闻的语言。"❶

　　遥远与优雅（Distant and Delicate）——这两个微妙形容词的组合，在我来看道出了作家鲍尔斯的所有魅力。这两个词分别构成鲍尔斯创作的两个故事的标题：《遥远的插曲》（*A Distant Episode*）以及《优雅的猎物》（*The Delicate Prey*），这些作品由四方田犬彦翻译并收入短篇小说集《优雅的猎物》。鲍尔斯作品的每一个标题都简明扼要，并且在一瞬间将我们邀请至远方，这两篇作品属于他文学创作活动的最初期作品，很明显这里不是简单的名词修饰或者形容词修饰，而是在暗示一个动态的场所。这双重名词的出现宣告了一个文学世界的确立。根据四方田先生的解释，1945 年于纽约创作的《遥远的插曲》以及三年后的《优雅的猎物》之间插入了鲍尔斯开始定居在摩洛哥这个事件。所以，这两篇作品注定在"摩洛哥"这片暴力而又优雅的土地上相遇，并且从起源上分割开来。但是不言自明的是，这里的相遇是一个禁忌，所谓起源就是接触那反反复复无始无终的东西。1945 年鲍尔斯再访丹吉尔，虽然他声称要定居于此，但这种定居正是为了居无定所，为了脱离世界的定居。

---

❶ 《遥远的插曲》（四方田犬彦译，《优雅的猎物》，新潮社，1989 年收入）。

借用德勒兹❶那充满魅力的概念，鲍尔斯正是为了"逃亡"而定居在摩洛哥。

德勒兹说，英美文学的特点、优势就在于"不断制造断绝、逃亡路线，以逃亡路线提示创造的人物形象"。❷ 他举了托马斯·哈代、❸ 从麦尔维尔❹到菲茨杰拉德、❺ 米勒、❻ 凯鲁亚克❼这些作家。虽然鲍尔斯的名字没出现在其中，但是毫无疑问他也以极限的形式梦见并且实践了那种断绝与逃亡路线。德勒兹所谓的"非领属化"或者他引用菲茨杰拉德的那句"真正的断绝，是人所不能挽回的，它使过去不复存在，所以是不可宽恕的东西"，简直就是为鲍尔斯或者鲍尔斯故事中出场人物量身定做的。此外四方田先生还对鲍尔斯进行了采访，这篇采访收入短篇集的解说，鲍尔斯说："自从来到摩洛哥，已经搬了好几次家了。住在非斯的时候，周围都是麦地那种极其复杂的地形，每天从家里出发到外面转一转，就这样我用半年时间绘制了一

❶ 德勒兹（Gilles Deleuze），法国后现代哲学家，著有《反俄狄浦斯》《千座高原》等。——译者注

❷ 原文引用德勒兹的部分出自吉尔·德勒兹（Gilles Deleuze）、克莱尔·帕内特（Claire Parnet）著《德勒兹思想》（田村毅译，大修馆书店1980年版）第二章"关于英美文学的优点"。

❸ 托马斯·哈代（Thomas Hardy），英国诗人、小说家，著有《德伯家的苔丝》《无名的裘德》等。——译者注

❹ 麦尔维尔（Herman Melville），19世纪美国最伟大的小说家、散文家和诗人之一，著有《白鲸》等。——译者注

❺ 菲茨杰拉德（Francis Scott Key Fitzgerald），美国小说家，著有《人间天堂》《了不起的盖茨比》等。——译者注

❻ 米勒（Henry Miller），美国作家，著有《北回归线》《黑色的春天》《南回归线》等。——译者注

❼ 凯鲁亚克（Jack Kerouac），美国"垮掉的一代"的代表人物，著有《在路上》《达摩流浪者》《荒凉天使》等。——译者注

张精准而细致的私人用地图。"读到这里我们难免会想到德勒兹所说的："逃走就是画一条、几条线，就是绘制地图，只有通过这漫长曲折的逃亡，才能去发现世界。"

所以，无论是《遥远的插曲》，还是《优雅的猎物》——或者其他许多作品——都是在彻头彻尾地书写德勒兹式的逃亡。鲍尔斯世界的遥远与优雅，正是逃亡的遥远与优雅。这逃亡的遥远与优雅成为故事而不是小说——是逃亡的故事或者作为逃亡的故事。

比如说《遥远的插曲》以"九月，夕阳将天空燃成一片烈火的那个星期，教授决定拜访艾因·塔多伊尔"这句话开头，但是这个故事没有清楚交代教授怀有怎样的动机。他为何启程呢，难道是为了去见那位十年前偶然相识，之后只书信来往了一年便断了联系的咖啡厅老板，还是为了去调查马格里布的方言，又或者是为了去找那奇特的"骆驼乳房做成的小盒子"。不，这些动机其实都是"遥远的过去的时间"——或许正如文本所说"虽说是过去的时间，但却难以分辨"，因此他必须回归更为"遥远"的时间——这正是从他的唯一欲望、唯一动机派生而来的，也许是这样。然而这篇故事所预备的是那过去时间的遥远，对于教授来说那仿佛是幸福的约定，但是在这种遥远被打破的地方，出现了另一种遥远，那已经不能称为人类意义上的遥远，并非指向幸福，而是指向人类根源性恐怖的遥远。

对于读过通篇故事的人来说，这种遥远在文章开头就已经暗示并写明。"九月，夕阳将天空燃成一片火红的那个星期……"——这里的火红的夕阳作为整个故事的前提条件，支配了整个故事，从某种意义上，讲教授受这夕阳的异样、极度的火红之邀，开始了旅程、开始了逃亡、开始了故事，并且在文本最后，那与夕阳秘密达成的协议——"又到了日落时分，教授钻过拱形大门，额头对着绯红的天空，沿着皮斯特·迪因·撒拉，向着夕阳的方向快速走去"。教授因为内心的恐惧发作而狂舞，他的身影消失在那"时时刻刻迫近的黄昏"之中。我们目送着决定继续逃亡的教授，他的身影消失在那人类共同体之门外面无边的、黑夜的沙漠中，耳中听到的"罐子哗啦哗啦的响声被门对面的沉寂吞没"。故事讲述的是没有终点的逃亡。

但是我们不能忘记，教授的这条逃亡路线，在故事中绝不平坦。从故事开头的日落到故事结尾的日落，中间的逃亡路线是极其复杂曲折的。这位语言学家，他那难以理解的欲望，以及"哈桑·拉尼玛"——这大概已经不是那已故的咖啡店老板的名字，而是像咒语一般，是教授那不吉利欲望的名字——或者说是"骆驼乳房做成的小盒子"这类的符号，而且这逃亡如同一个命令，教授仿佛被这个叫卡乌瓦西的向导背叛，翻山越岭历尽周折之后，他被带到了一个难以回头的万丈断崖。断崖上的世界跟教授自身的领域已经隔着遥远的距离，但是他仍旧保守自身，在异国体制中保持自己的痕迹。至于断崖下面的世界，那 n-1 的世界，他丝毫也不清楚这种保守是否仍旧可能。

无论是怎样的逃亡，无论逃亡路线是如何曲折，无论在哪个位置，都存在与某片领土、某种体制绝对分离的点，都存在绝对"断绝"的点。那是将自身本质的领属性隐藏起来的逃亡，或者是由命运这种外界理由决定的真正危险的逃亡，此刻逃亡正是站在这个分岔口般的断层上——而这个断层，在故事中，正如其文字所写，即是那断崖。

或许我们可以推测摩洛哥吸引鲍尔斯的一个原因就是那里的人们生活在完全裸露的地形之上。耸立的群山、峡谷、城墙围起的城镇、断崖、沙漠、沙丘、绿洲、废墟……对于鲍尔斯来说，这些地形地貌，是纽约这充满符号的体制内所不能窥见的，它们构成了生活的基本地形。生活的力学与地形完全一致，这种奇妙的恩惠正是摩洛哥取之不尽的魔力源泉。如果是这样的话，那开车前往艾因·塔多伊尔的司机问教授"您是地质学家吗?"已经是个不可思议的暗号。教授回答说自己是语言学家，对此司机又说："那您应该试着再往南走，那儿应该有至今闻所未闻的语言"，事实上，教授在某种意义上是在考察作为自身生活基本欲望的地形，实地勘察那个断层，由此他被割去了舌头，失去了语言，学习到了"闻所未闻的语言"。关于那生活的断崖，故事如下写道：

> ……卡乌瓦西没回答。他一动不动，晃着脑袋，好像在听教授讲话。接着下面传来一阵微弱的笛声，好像很近。卡乌瓦西缓缓地点着头，说："从这里就是真正的路了啊，您应该知道前进的方向。岩石是白色的，月光照在上面很亮，可以看得清楚。我准备回去睡觉了，已经不早了啊，钱您就看着给吧。"
>
> 这深渊越看越瘆人，二人站在边缘，月光洒在他们身上如同一层银色的外套，教授贴近卡乌瓦西那昏暗的脸，突然心生疑惑：自己究竟感到了什么呢? 大概是愤慨、好奇心或者恐怖。但他尤其感到安心和希望，这不是在撒谎，他希望卡乌瓦西丢下自己一个人回去。

作为教授，他理智地知道自己此时此刻所在的地点。他以自身的形态了解自己正站在这生命的岩石的极限位置，断崖之下——不管那是什么——一个他的生命决不允许他了解的领域、一个未知的领域、他者的领域正在扩张。卡乌瓦西这个形迹可疑的向导，竭尽所能准确地将教授引向生命的深渊边缘，真正的逃亡从这"真正的路"开始。在这个分岔点上，教授冷静地分析自己的感情。对于来到这个地点的愤慨、对于未知领域的压倒性好奇心与恐怖，同时也可以称为幸福的安心与希望——他好像被自己生命的重力所牵引，"该想想自己为何在做自己也不明白的事情了"，一边这么想着，一边沿着陡坡迅速滑下。

这个下降的平面，对于教授来说是纯粹的暴力——不带有憎恶等任何主观的心理激情，如同斜坡一样的单纯暴力——的平面。教授被狗袭击，受到沙漠游牧民族雷吉巴特族男人的粗暴对待，舌头被割去，被迫穿上"用绳子穿在罐子底部而制成"的古怪服装，被发疯的女人和孩子命令疯狂舞蹈、成为他们的玩具。在那里教授被暴力地转换为一个与自己相去甚远的东西。在他者的领域，他自行变成了那原本遥远的他者，在那里逃亡抓住了其真正的形态，那就是错乱。德勒兹说："逃亡是一种错乱，逃亡就是脱离正轨，逃亡的路线上满是恶魔。"那种恶魔，在另一篇故事《优雅的猎物》中从以下的观点进行了记述：它是源于他者的暴力，与自身的错乱、反常相对应。

这种位于遥远领域的暴力与反常的交错，却绝对不失优雅。这种单纯但绝非人类意义上的暴力，反而令人觉得具有微妙的优雅（delicate）——这么说来它超越了人类的语言——充盈着优雅。在《优雅的猎物》结尾处，被埋入沙漠中的那个男人，他的歌声在那非人类的静寂中不断回响。不言自明那首歌正是那暴力与反常的故事的最终所指。同样，在《遥远的插曲》中，教授跳下断崖，从某种意义上讲只是因为"隐约中听到的笛声"，这一点我们不能忘记。事实上，记录教授在遭受雷吉巴特族人虐待后失神落魄场面的文本，还在那里刻上了"黑色的沉默如同时间与时间之间的伤口般裂开、持续着，不停地重复演奏相同的旋律，呼唤着那深邃、柔和的笛声"这段不可思议的文字。化作暴力的他者打开的时间与时间之间的深渊，在这意识的黑暗中，教授迎接了那优美的笛声。

这样的话，教授丧失了自我，与其说是因为被割去了舌头，不如说是被这类似塞壬❶歌声的奇异笛声所吸引。事实上这个故事将其残酷的逻辑强加在了教授的身上，通过被割去舌头这个"手术"，让教授发出声音、手舞足蹈、表演口技、取悦他人，将其改造成一个演员、机器。无论他如何拙劣，我们都可以说教授在此化作了一种音乐，那是行动的音乐。他失去了作为教授的意识，失去了语言，但是在那新的现实中，他将自己改造成一种机器。德勒兹说："逃亡就是产生现实、创造生命、发现武器。"教授在这无法领属化的沙漠地带，学习了跳舞，学习了取悦他人，创造了新的现实。对于教授来说，逃亡的本质位于"无意义的手舞足蹈"，位于变身为与骆驼同眠的"动物"之中。变身为跳舞的骆驼——那正是梦见"骆驼乳房做成的小盒子"的教授逃亡的实体，那正是对于所有语言来说以"闻所未闻的语言"唱的歌。

所以与沙漠——这拒绝领属的非人类领域——同化，其必然是非人类的同化，对于驻足断崖之上的人来说，无论那是多

---

❶ 塞壬（Siren），希腊神话中，塞壬用她自己的歌喉使得过往的水手倾听失神，航船触礁沉没。——译者注

么悲惨的画面，都描绘出了只有动物才具备的那种优雅、优美的幸福。这里并没有发生在教授身上的悲剧。故事涉及悲剧的领域，是因为他借由突然入侵的"正统阿拉伯语"从"迷失自我"的前言语状态中唤醒语言的力量。他重获自我意识，同时也重获了痛苦与愤怒。他回想起那失去的一切都已经不可挽回，认识到自己已经不能返回了。

然而那真的是悲剧吗？令我们惊奇的是，事实上这个故事将教授的悲剧，即人性的觉醒以极其简单的方式抹杀了。故事从教授那充满痛苦的觉醒突然跌落到另一个精神错乱中。通过错乱他如同破坏了所有的门槛，被引导至根源之力，并且那种力量是从语言而来，这次不是从他学习的正统阿拉伯语而来，而是从他的母语法语而来。

　　……面向中庭的那些房屋，他从一个屋子踱步到另一个屋子，毫无目的。没有其他人。有一间屋子的墙上挂着日历。教授仿佛是一只狗，在寻找鼻尖上的苍蝇，直瞪瞪地注视着那日历。那白纸上的黑字，在他的脑中化作了声音。"撒埃尔的大食品店……六月……礼拜一……礼拜二……礼拜三"。

　　构成交响曲的那些小小的墨水符号，在遥远的过去就写下了，但是那些声音此刻变得强而有力，富有紧迫感。教授的脑中响起了音乐，可以称为感情的音乐，在盯着墙壁看的同时，他调大了音量。他感觉自己好像在演奏那早已为他谱写好的乐谱，突然萌生一股想要放声大哭的冲动，想在这小小的屋子里咆哮，如果可能的话他想将这房间弄得天翻地覆。这种欲望排山倒海一般袭来，他撕心裂肺地

吼叫，把屋子和里面的家具都砸坏了。接着他拍打通往过
道的门，一阵嘈杂之后，门被完美地砸烂了。他又撕裂了
窗户上的木板，爬到上面，用两只大手抓住不停地挥舞，
尽可能地制造噪音，随后又在鸦雀无声的街角飞奔，一直
奔往小镇的出口。许多人用好奇的眼光看着他。过了车库，
就只剩下那通往沙漠的泥泞小路了。

这已经不能被称为歌了。感情的音乐，破坏的交响曲——
并且那不是先于语言的音乐，而正是用语言谱写的音乐。在这
音乐中，语言并没有与意义体制建立联系，而是通过压倒性声
音的力量，在感情，并且是根源性——根源性的破坏感情的一
致性中产生。教授了解到一种他闻所未闻的语言的根源性感情，
同时将那存在于古代的乐谱，欲望的裸露地图化作过激的音乐。
这样的话什么东西，或者说什么人才能阻止这场爆发呢？如果
说语言上感情已经突破了意义体制，那么无论何种边界，无论
何种体制都不能阻挡这种破坏的并因此成为真正极限的逃亡。
这次逃亡没有任何向导，而是径直朝向沙漠、朝向西斜的太阳，
这也是理所当然的。沙漠已经不再是边界之外不断扩张的未知
地带。这种毫无动机的力量突破根源性的感情，突破任何体制
边境，它的喷涌就已经形成沙漠。或许也只有夕阳那无情的光
辉能够理解化作沙漠的教授的最终逃亡了。

德勒兹说："写作的终极目的是什么呢？即在女性的生成变
化，黑人、动植物等的生成变化的遥远之地，在少数者的生成
变化之地，化为感知不到的东西"，翻译成我们的语言就是，在
化作骆驼、化作机器、化作少数者的那个地方，存在终极的
"化作沙漠"。沙漠最令人无法感知，沙漠最不具备面目。写作，

它切断、突破了构成体制的种种框线，穿透沙漠——这没有代价的立场——无数的力在其中无序地干涉交错，而它本身不是也化为沙漠的样貌了吗？如果这样的话，我们可以随意地将德勒兹所说的"失去面目、翻越、穿过墙壁、耐心地磨薄墙壁，除此之外写作再无其他目的"这句话捏造成鲍尔斯的座右铭吧。因此，我们可以将鲍尔斯在纽约创作的《遥远的插曲》这个短篇视为他自身对于"化作沙漠"这个欲望的沉默宣言吧。

起源的刻印

五、作为重生之秘密仪式的写作——勒·克莱齐奥的《奥尼恰》

芬坦的心脏快速震颤着，他感觉很不舒服。欧雅的身体如同被浪潮拍打般抖动，她的头竭力后仰，嘴奋力张开，就像刚刚浮上水面那样喘息。突然她发出一声惨叫，被胎盘包裹，像红色星星一样的婴儿落在了床上。欧雅身子前倾抱起了婴儿，用牙齿咬断脐带，闭着眼睛，仰头倒了下去。那全身沾满羊水、泛着光泽的婴儿啼哭起来。欧雅把婴儿的嘴对准自己饱涨的乳房，她的身体和脸也仿佛在羊水里游过一般，熠熠生辉。

芬坦踉踉跄跄地走出船舱，衣服被汗水浸透了。外面的河流像融化的金属在流淌。两岸被迷雾笼罩。如今太阳已经升至头顶，芬坦觉得目眩。时间飞快地流逝，有什么重要、异常的事情发生了，但对他来说那只是短暂的一瞬，只不过是浑身震颤，高声尖叫而已。婴儿那撕裂丝绸般的哭声仍不绝于耳。

《奥尼恰》对于勒·克莱齐奥来说，这是一部"不得不写一次的小说"。或许任何作家都遇到过这样的故事，但并非人人都能将其写出，不是谁都能这样简明扼要地写出来。小说奇迹般的幸福就在于此。

那是"不得不写一次的小说"，或是"好不容易写了一次的小说"，但对于作家来说，所有关于写作的东西，都是从那里出发，结果又要到达那里，是这种仅有一次的小说的幸福。因为那样的作品，是仅有一次的事件，即是说之后这事件必然会被无尽反复地称为作品，从这种意义上讲，作家好不容易才得以讲述这确定为仅有一次的事件。

究竟为什么要将自己置于写作之类的工作去呢？那里存在怎样的必然性呢？无论什么样的邂逅，与世界也好与他者也罢，以及语言那怎样的伤痛，在经过漫长时间之后，都是迫切需要作家的出现吧。这种起源事件——先从理论上解释一下，就是将自身打造成那没有起源，被剥夺了起源、与起源隔断的事件——大多数情况下，这就是隐藏、封印于作家意识深处的东西。将书写作为必然性的伤口刻在一个人的身上，这种事件本身是不能被写下的。

但是，一旦封印被揭开，那个事件被书写、被讲述的话，那么随之出现的是一个何等丰富而且激烈的世界啊。那里的一切，都在语言之前的混沌丰饶中生息，同时语言的伤口放射着利刃一样的光芒。它作为生命、世界，作为超越我们意志和意识，作为荒唐的动态谜团出现，但同时也提示出对那个秘密探究的必然失败以及通过献身去守护这种难以理解的轨道。在此一名作家的写作的原光景，如同令人费解的象形文字被写下。

我们读小说时感到那种压倒性的感情就是由此而来。奥尼恰，它不仅仅是尼日利亚境内尼日尔河畔的一座城市，不仅仅是以这个叫作芬坦的少年为中心的故事舞台，也不仅仅是勒·克莱齐奥八九岁这一年间生活的地方，它是更为离谱、更为巨大的刻印。

在这个小说中间的部分，我们读者会遇到这样一个"符号"，一个印记（见图1）。这是"奥恩谷瓦（月亮）、太阿尼阿奴（太阳），以及奥多多·艾古贝，也就是鹰的翅膀与尾巴上的羽毛"伸展而成的记号，它是乌穆恩多利民族用墨水刺在两颊上的"永恒印记"，它是令芬坦父亲乔夫洛瓦舍弃一切去分得其秘密的"灵魂智慧"之印记。这里有非洲的印记，即非洲在这里被传讲为世界的秘密、生命的秘密的某种直接印记。与非洲相遇正是如此。与其他白人不同，作为父亲的乔夫洛瓦，以及作为父亲分身的萨比恩·罗兹都用各自的方法加入非洲，作为主人公的少年也同样——不，之后我们所熟悉的那个叫勒·克莱齐奥的少年——也与非洲相遇，将非洲的刻印永远留在其身体中。奥尼恰正是那象形文字般印记的名字。

图1　印记符号

这样的话，很明显《奥尼恰》就不单单是一篇作者审视自己的自传体小说。如果说非洲印记存在的话，该印记处可能存在世界的直接性，那里同一性之类的概念已经丧失任何意义，自己与世界之间并无接口，却存在刺激而危险的交流，这一点是我们不能忘记的。这篇小说从某种意义上讲，非洲作为非自身的印记，伴随着它那莫名的强度——尽管存在一切对立、反目、无视、憎恨——是一部从父亲移交至儿子的极其特别的"小说"。如尼日尔河般滔滔流淌的生命之水，将父亲与儿子联结起来。父亲与儿子借由非自身的东西，被决定性地联结起来。

这样一来，名为欧雅（意为河流之母）的女孩儿，她是不通言语的疯女人，乌穆恩多利民族的末裔，也是乔夫洛瓦寻求的幻之女王。少年独自一人面对她在漂浮于尼日尔河上那船只残骸中秘密分娩的这个场景，毫无疑问是小说的高潮。

"那个瞬间来临了。突然，欧雅转过头来，盯着芬坦，于是他靠过去。欧雅用力握住他的手，仿佛要将其握碎一般。他必须做点什么，必须帮助她生产。他并没有感觉到手的疼痛，而是竖起耳朵、睁大眼睛来感受这奇特的事件。乔治·肖顿号的船舱中出现了某种呼吸、某种溢出的水、某种光线，它们充满了整个空间，并且在不断扩大"……这时我们可以感受到，文本中也溢出了水，射出了光线，非洲以及非洲的秘密仪式在那里出现。此时芬坦是那出生的乌穆恩多利之子的父亲，就资格而言，他同时也是自己的父亲乔夫洛瓦。或许也是萨比恩·罗兹。或许我们可以说此刻的他已经在后来出生的，亲妹妹玛利亚生孩子时的现场了。同一性，这苍白的西欧观念是什么呢？他如同欧雅一样丧失语言，但在那什么东西诞生的瞬间，不，他正站在那永无变幻的生命重生的瞬间。

重生——是的，这本身就是一个秘密仪式，而写作正是重生的秘密仪式。勒·克莱齐奥决定写这篇小说的缘起是 1967 年的比夫拉战争。❶ 使他决心伸手触摸自己生命的原光景的，是他内心的圣域"奥尼恰"的毁灭。外部的冲击打破他内心的封印，因此他仿佛试图去重生、保护那一切而去写这篇小说。那里是令人绝望的丧失之痛。但是芬坦的父亲也正是如此，将生命、重生之秘密仪式的印记鲜明地刻下，借此通往那绝望、最终秘密仪式的"无尽之路"。写作甚至与那遥远的太阳圣礼紧密相连。除了勒·克莱齐奥，今天，还有谁能如此确定地进行断言呢？

---

❶ 1967~1970 年尼日利亚内战。——译者注

第四部

"民族伦理精神"（ethica-ethos）的开启

一、何谓起始

"起始是什么"是个很难回答的问题。可这困难并不同于"人是什么"或者"灵魂是什么"，并不在于提问对象那种谜一般的复杂性。不是说某个对象无止境地逃离了我们的语言，而是说"……是什么"这个问题没有一个可以直接指向的对象，这才是困难所在。

事实上能够提出"……是什么"这样问题的发端在何处呢？所谓发端，就是什么东西的起始。关于这"什么"，即使可以提出"……是什么"的问题，但说到它的起始，怎样才能进一步提出"那是什么"的问题呢？对于起始的发问，并不该是"什么""从哪儿"或者"怎样"。它是从哪里开始的？开始时它是怎样的？比如说生命的个体发育连续性，"人类"是从哪里开始的呢？开始时的状态是怎样的呢？如果我们提出这种问题，那么很明显起始就已经不是对象性的概念，而是功能性，或者说操作性的概念了。起始并不是位于对象的侧面，而是位于作为对象表象的人类的侧面，即我们决定了起始，规定了对象。

换言之，起始并不是作为存在的东西。起始不属于存在的范畴，作为由文化的厚重所决定的阶段，它是文化的产物。语言的所有要素不就在于此吗？但是这仅能在语言中实现，不具备对象的意义，在强制进行纯粹的操作性分级的各种位相语

（不同年龄、阶级使用的独特语言）中，起始与它的对立面——终结——成为人类文化最根源性的强迫性观念。起始的决定，终结的决定，以及画一条分割时间或者空间的线，这些有内涵的个别决定并不是限于地方性的东西，而是形式上的，因此它们呈现出贯穿文化全领域的根源性姿态。

再举个更为浅显的例子，让我们来看年、月、日这种时间的表达方式。并没有什么自然的规定说必须要以 1 月 1 日为一年的起始，那是我们人为规定的，我们从那里出发组织了我们的生活。即是说我们创造了一个与自然节奏不同的文化节奏，并且使我们的生活遵循这个文化节奏。或者说我们将连续、永不停止的地球公转这种圆周运动切断，在没有起始的地方设定一个起始，这样一来我们就能够从自己的视角重新理解自然运动了。不管怎么说，我们在世界刻下了作为纯粹表象的起始，即除自身以外毫无根据的起始，并且借此去接受世界，将世界据为己有。

这样的话，起始之中潜藏着人们试图接受世界的人文化根源性姿态。所以，所谓的自由，都不用依靠康德，不用依靠自身以外的原因，它正是仅以自己为理由去开始什么什么的能力。这种决定性位相有一点微小的差异，为了强调这里重复一次，所谓自由，有时正如人们对其的信仰，它不是形成什么东西的状态、不是使其最终变不变成那种东西，而是使得什么开始的能力。

所以，人们通过对没有起始的东西设定起始，将世界置于自身的自由，将其人格化、文明化，然后接受它。很多人在元旦，岁首许下新的愿望，祈求一年的幸福。这样一来人们恣意妄为地将一年的时间进行切分，预先接受，然后占为己有。起始与人们的自由紧密相关。

但同时我们应当注意的是，虽然起始确实具有随意性，但它绝不归属于个人的意志。不，应该说正因为其本质是任意的，所以说它不仅与一个人的意志挂钩，而且与某种公共性以及他者性息息相关。即是说，这在自然中不具根据的切分，为了使其具备切分的功能而将其社会化、制度化，进而不得不形成一种契约。每个人元旦的许愿虽然千差万别，但是为了实现这些愿望，人们首先必须以共同体形式接受、分享 1 月 1 日作为一年的起始。实际上，许愿这种言语行为本身正是与集团性他者相关，即是说虽然我们可以决定一个东西的起始、决定它如何开始，那是我们自由的权能，但是那种起始——即使是形式上的——也必须面向他者的集团性。

也许我们经常会这么想，一方面我们拥有自由，另一方面规定、支配那种自由的集团性法则却不存在。然而事实并不是这样的，那种自由已经成为面向他者集团性的开端，实际上我们不得不说那种自由就是面向他者集团性的开端。自由与集团性他者的开端两者一致，毫无疑问正是语言保证了他们相辅相成的一致性的场所。语言一方面通过时间与表象的分割，得以自由进行超越当下时间的表象操作，同时另一方面，借着他者的根源集团性的打开，向我们一举展示了伦理、民俗所在的场所。

伦理、民俗的场所，即"ethica-ethos"的场所——这是极为粗略的说法，但是伦理性的东西本质上是与终结、与目的的关系，并且是与异于自身的他者之间的关系，与此相对，民俗性的东西其本质与起始相关，且是与自身相同的他者之间的关系。通过语言，同时具有这两个互补关系的极点的象征性场所，或者广义上称为"道德"（morale）的场所一举向我们打开。这个场所正如磁场一般，无数从起始发出，连接终结的磁感线划定了这个磁场，可以说那里岂止分别不出伦理和民俗，两者的逻辑一直处于互相替代、循环合一的状态。但是近代关于伦理的思考，总是急于从人类的先天普遍性出发，所以不能简单地将伦理的东西和民俗的东西进行分离。相反地——正如20世纪上半叶法西斯主义的道德——招致对伦理性逻辑被民俗性逻辑吞食，以及对抢占这种现象的无力批判。

但现在并不是深度挖掘这个问题的时候，这里只是顺便提及一下，让我们回到最初的问题，即关于起始的问题。

如前所述，起始终究是属于语言的形式概念，但同时它也是与人类根源性本质相关的概念，并且与终结一同将语言所打开的那共同的，伦理、民俗的两个场合合二为一。

换句话说，我们经常处于朝向共同他者的状态，并且是处于从什么东西到什么东西，或者从起始到终结的途中状态。在那里我找到了自身，并常常处于自身的诞生与死亡之间，并且那不单是走向死亡的旅程。我与许多其他人一起，一直处于前面和后来的人之间。本质上我们是作为中间的存在，但并不是每一种生物都处于此般自在，只有通过语言获得中间性，并以伦理、民俗性方法使其奏效，在这种意义上才能算作中间性的存在。

仿佛与伦理、民俗这两个极点相照应，一般来说我们的语言也具备两种相异的状态，即法则与故事。很明显，所谓的法则在大多数情况下伴随着超越性的契机，成为与共同他者相关的终结——目的的言说。而故事则是从起始之谜出发，与同一性相关的民俗性言说。即我们的起始位于神话般谜团的此岸，终结位于宣告法则的彼岸。我们活在故事与法则的中间，正从神话故事走向法则审判。

这样一来我们就来到考察神话起源这个问题的节骨眼了，即作为所有"起始"原型——我们自身的起始。为了接近这个极为棘手的问题，我们在此先触及一个由人尽皆知的普遍原型凝练而成的神话，并且探讨文化人类学家对其的解释。

这就是具有杀父娶母，近亲乱伦这双重主题的神话——俄狄浦斯的故事。对此，克劳德·列维-斯特劳斯❶根据结构主义神话研究方法进行了解释。

在《结构人类学》第十一章"神话的结构"中，斯特劳斯为了将结构主义的神话阅读理解方法论浅显易懂地展示给我们，他举了脍炙人口的俄狄浦斯的故事，它不是对故事进行历时、线性的阅读，而是像阅读共时的音乐总谱一般，一边设定"关系集束"，一边尝试去"实际演练"。就好比是一个完全不懂扑克牌的观察者，也能发现扑克牌的四个组成单位（四种花色）的这个过程。正如扑克牌这种情况，斯特劳斯通过设定互相对立的"关系集束"，去理解俄狄浦斯这个神话。这种"关系集束"（见表1）是：

（1）对血缘关系的过高评价（+）；

（2）对血缘关系的过低评价（-）；

（3）否定人类是大地所生这个命题（-）；

---

❶ 斯特劳斯（Claude Lévi-Strauss），法国社会人类学家、哲学家，结构主义人类学创始人，法国结构主义人文学术思潮的主要创始人，著有《忧郁的热带》《野性的思维》等。——译者注

（4）强调人类是大地所生这个命题（+）。❶

表 1　神话的结构

对血缘关系的过高评价（+）	对血缘关系的过低评价（−）	否定人类是大地所生这个命题（−）	强调人类是大地所生这个命题（+）❷
卡德摩斯寻找被诱拐的妹妹欧罗巴	龙牙战士一族相互厮杀	卡德摩斯杀死了龙	拉布达科斯（拉伊俄斯之父）＝"瘸子"？
俄狄浦斯娶母亲伊俄卡斯忒为妻	俄狄浦斯杀死父亲拉伊俄斯	俄狄浦斯杀死斯芬克斯	拉伊俄斯（俄狄浦斯之父）＝"左脚站立"？
安提戈涅打破禁令埋葬兄长波吕尼刻斯	厄忒俄克勒斯杀死兄弟波吕尼刻斯		俄狄浦斯＝"肿胀的脚"

根据克劳德·列维·斯特劳斯《结构人类学》（荒川几男等译）第 239 页制成。

　　位于对血缘关系的过高评价（+）这一栏正中的是俄狄浦斯与伊俄卡斯忒的近亲乱伦，位于对血缘关系的过低评价（−）正中的是俄狄浦斯杀死自己的父亲。即斯特劳斯是将杀父与乱伦这两个主题按照血缘关系进行了对立的评价和解释，并且以此为中心，从神话的其他部分，即在其同位相中抽出其他要素。与此相对，表格的第三栏和第四栏这对立的两栏，其中一个内容是消灭怪物，另一个是关于"脚"的名词，但仅从这里看它们的关系仍不明显，因此斯特劳斯对第三栏解释说，龙是"为了使人类能够生于大地而不得不被消灭的地下怪物"，斯芬克斯则是凭借与人类的本性相关的谜题而反复出现的怪物。关于第

---

❶　原文引自：克劳德·列维·斯特劳斯. 结构人类学［M］. 荒川几男，等译. MISUZU 书房，1972：228–256. ——译者注

❷　克劳德·列维·斯特劳斯. 结构人类学［M］. 荒川几男，等译. MISUZU 书房，1972：239.

四栏，他以自己的专业领域——北美土著神话——为依据，"由大地而生的人，起初还不能走路，或者说走不稳"，并且说拉布达科斯、拉伊俄斯、俄狄浦斯这些名字是对走路困难的暗示。所以，斯特劳斯借助北美土著神话解释希腊神话，并且得出如下的结论。

> 那么，以"北美土著风"解释的俄狄浦斯神话，究竟意味着什么呢？对于信仰人是从泥土而生（比如说帕萨亚尼斯，八·二十九，4，植物是人类的原型）的社会来说，我们每个人都是男女结合的产物这个理论就行不通了。这种困难是难以克服的。但是俄狄浦斯的神话，它一开始的问题——人类到底是由一者所生，还是由两者所生——一个东西是由与其相同的东西所生，还是由与其不同的东西所生，在这种形式相近的派生问题之间，提供了一种近似桥梁的逻辑道具。由此产生了一种关联，即对血缘关系的过高评价与过低评价之间的关系，与否认生于泥土的这种努力以及那成功的不可能性成等价关系。也许经验否认逻辑，但是对于社会生活，只要社会生活与宇宙论中有一个呈现出相同的矛盾结构，就是在验证宇宙论。因此，宇宙论是真命题。
>
> （列维-斯特劳斯《结构人类学》）❶

俄狄浦斯神话在经验之谜与宇宙之谜之间提供了"一种近

---

❶ 克劳德·列维·斯特劳斯. 结构人类学［M］. 荒川几男，等译. MISUZU 书房，1972：238-239.

似桥梁的逻辑道具"，但架起这逻辑之桥的，不如说是引用了北美土著神话的斯特劳斯自身，即是说关于结构的总是不可回避、亟待解决的问题：这种结构究竟位于哪里呢？真的是位于对象侧面吗？还是位于分析者的观念体系之内呢？不，不仅仅是这样，虽然它只是作为对神话结构进行简明分析方法的实战演练例子，从庞大复杂的俄狄浦斯神话两对关系范畴中提取其中的要素这种方法，以及对其的解释，但它大概也是随意性的，正如日本神话学者吉田敦彦彻底批判的——可以称为真正意义上的"放荡"。斯特劳斯极力主张的所谓科学分析，在吉田敦彦看来是充满随意性的"推测累积"，特别是，正如斯特劳斯所言，这种方法无法读出神话的历时性，此外这种方法容易使人产生一种误解：似乎文化脉络的相关知识对于成为问题的神话体系来说并不是一个必要条件。❶

从神话学的应有方法这种观点来看，吉田敦彦的批判确实一针见血。但斯特劳斯的解释，正因为它依据的是随意的直观，反而引起了我们的兴趣。因为乍看上去斯特劳斯仿佛在演奏、解释这个神话的总谱，但实际上他显然是以自身能够读懂北美土著的庞大神话体系神话学者的直观出发，将神话这种东西的根源性状态投射到俄狄浦斯神话上去。换句话说，这极为短小的解释的有趣之处在于它没有继承个别文化的脉络等，而是一举向我们展示了神话的根源性，即与神话根源性的"起始之谜"相关的东西。

倘若我们说得再简单些，神话就是讲述起始的故事，作为

---

❶　吉田敦彦. 神话的结构［M］. 朝日出版社，1978. 文本大量参照收入该论文集的"神话的时间与结构"，但对斯特劳斯的方法并无批判之意。

起始之谜（anigma——这个希腊语词大概是"故事"的意思），是以充满矛盾、复合的方法讲述的故事。❶ 或许对于人类来说，起始一直都是一个谜，不，应该说除了起始，再没有其他的谜题了。人类根源性的起始正如同谜题一般存在，而这个问题被发觉时，我们已经具备面对世界的意识和自由的能力了，对于那个起始在何处，我们全然不知。我们只知道意识先于我们自身，它来自人类集团、宇宙以及世界，遥遥领先于我们，但同时，从自由而来的，使什么东西开始的能力已经降临至我们，于是我们不得不对那起始之谜提出疑问。

我们对起始提出疑问。我们的起始、人类的起始、集团的起始、这样那样习惯的起始或者世界上各种各样事物的起始，于什么时间起始，起始这个事件发生在什么时候。但是起始一直隐没在模糊的神话谜团中，对此没有一个明确的答案。如前所述，起始不是一个确定的存在，其意义无法回答，所以神话正是这样一个故事：就如同一个没有答案的问题，由于没有最终解决方案或者解答方法，所以问题就成为它自身的答案，即由于答案的缺席导致问题与答案成为一体。

根据斯特劳斯的定义，那正是所谓的迷。他在北美土著神话与俄狄浦斯神话之间架起了桥梁，进而在收入《结构人类学 II》的论文中拓展了这个题目，从俄狄浦斯神话出发读懂北美土著神话，乍看这对比，此时的关键是那北美神话中不存在的斯芬克斯之谜。他追求、整理北美神话中那设置谜题的场所——

---

❶　这种"故事"与"谜"之间的本质性关联，以及故事与人类存在相关内容，先前笔者结合海德格尔、本雅明以及布朗绍有所论及。参考：小林康夫. 起源与根源——卡夫卡、本雅明、海德格尔［M］. 未来社，1991. 故事的疯狂、疯狂的故事［M］//现代哲学的冒险 8：故事. 岩波书店，1990.

正如俄狄浦斯神话的场所——找出与近亲乱伦紧密相连的东西。即从个别神话的截面来窥见眼前神话的"常数"———一种普遍的结构，在此他对谜这种东西进行了定义："可以推测为没有答案的问题。"❶

看到这个定义，我们立刻想到那面貌是女人，胸、腿、尾巴是狮子并且长有老鹰羽毛的怪物斯芬克斯的谜题。"只有一种声音，但先后有四条腿、三条腿和两条腿的是什么呢？"对此俄狄浦斯手指自己，回答说是"人类"，斯芬克斯听到这个答案后惊愕地跌落至谷底。这个谜题原本是不可能有人回答上来的，并不是因为这个谜题有多么难，而是因为这个问题与答案本身相关。即是说，同时作为一、四、二、三这种同一性的混乱，有谁能够接受这种东西作为自身的存在呢。人类绝不会承认自己是这种东西，所以只要是人，就答不上这个问题，这样想也是理所应当的。

从本质上讲，人类对于自身存在的相关认识是盲目的。本来谁也回答不上斯芬克斯的谜题，但为什么俄狄浦斯可以毫不费力地回答呢？他虽然回答出了这个问题，但对其中的含义一无所知。即是说当他解开斯芬克斯之谜时，实际上已经等同于与自己的母亲结婚，饰演了一幕同一性混乱的悲剧。俄狄浦斯在某种意义上否认了人类是由父母结合而生，在无意识逻辑的支配下杀死了父亲，接近母亲，但这个过程也是对人类复合性的确认，正如斯芬克斯谜题所表现的，并且正如索福克勒斯版本所记，接近、结合那唯一的起源的结果就是厄忒俄克勒斯与

---

❶ Claude Lévi-Strauss. Anthropologie structurale deux ［M］. Librairie Plon, 1973. 本论述大量参照了吉田敦彦 "神话与谜"（同上《神话的结构》）。

波吕尼克斯双胞胎兄弟以及安提戈涅与伊斯墨涅姐妹的诞生，以多产性、二重性反作用于自身。众所周知这对双胞胎兄弟之间的斗争最终导致忒拜城邦的毁灭，俄狄浦斯一族就此灭亡，意外解开的谜题开启了一幕悲惨的结局。

我们继续追踪神话中谜题的作用与近亲乱伦两者相互关系的复合性以及彼此间的紧密联系。事实上斯特劳斯在定义谜题为"可以推测为没有答案的问题"之后，又从相反的角度提出一个定义："不能对其提问的答案"，这也正是结构主义阅读理解的妙处所在，而这正是在北美神话与亚瑟王传说（圣杯传说）之间架起了一座桥梁。这句"不能对其提问的答案"正是指与近亲乱伦针锋相对的性的纯洁性，仿佛冬天一般贫瘠（纯净）的状态，这样一来我们可以探知俄狄浦斯神话、北美土著神话或者欧洲的圣杯传说这些地域、文化传统都迥然不同的神话之间的普遍结构，但我们没有再次追究相信其内容的必要。我们所讨论的，无论是近亲乱伦还是性的纯洁，神话的最根本之谜仍然是起始之谜，并且这起始之谜不单指人类的起始（性），同时也指向自身集团的起始、宇宙论的起始之谜，只要可以确认这种共同延伸相互重合的谜团就足够了。

起始是一个谜，是一个绝对解不开的谜。我们是精卵结合的产物，在这里却怎么也说不通。即使我们能够接受这种说明，进行理解，并视其为正规，但我们在自我意识之中无论如何也不能理解：这朝向世界、特异的"我"的起始是什么。即是说，我是从内部了解的这个"我"，却不能在其中找到任何那样的痕迹。我们将科学的说明作为客观标准去接受，意识的深层却总是残留着这个挥之不去的关于"我"的起始的疑问。正如弗洛伊德所言，那是我们无意识部分的形成，作为谜一般的复合性，作为一种情结，并且是被冠以"俄狄浦斯"之名的情结，被保留下来。

事实上作为精神分析理论核心的俄狄浦斯情结，正是由母亲一人所生，还是由父母双方共同所生这无法解决的起始问题。即是说如果从自身"单一"同一性出发则后者在逻辑上就说不通。也就是说俄狄浦斯情结这个三角，正是"一"的逻辑与"二"的逻辑的复合体，从某种意义上说，在集团意识的领域中，即使存在个人意识领域这一等级上的差异，精神分析与神话学都是在处理起始之谜这一同一根源的问题。因此，无论是哪个学科，可以说人类文化全体都是从这个起始之谜出发，并在此之上构建而成。在此展望之上，人类的文化就是对起始之谜的无尽反复的解释与演奏，此刻这种解释与演奏不单单只有神话，科学学说这种客观性的规定在本质上也与神话拥有相同的资格，也是在解释并演奏起始之谜。

解开起始之谜确实是科学的使命，比如说宇宙的起始，以及康德在《纯粹理性批判》中论及的超越二律背反——从无到有的宇宙大爆炸，他通过构建这个精妙的模型去解开起始之谜，但根据该理论，康德提出一种"动态的"根源性二律背反，即不能消除因果律与自由之间的二律背反。不，就算在宇宙论蓬勃发展、遗传学在生物学的各个层级上投射光芒的时代，对于起始的解释，以及我们生命中固有的自由这种起始意识之间的关系也正在变得更为复杂精妙。问题是没有什么理论能够解开起始之谜，我们不认为起始之谜能够被解开。对于人类文化而言，维持起始之谜是至关重要的，维持其不可解谜、二律背反的复合性，借此我们得以确定那基于根源性自由的行为或者存在方式的伦理性，那种"民俗、伦理性的开端"。

至少从人类存在的方式来看，生命即是自由与因果律之间动态、根源性的纠纷。那是动态的起始之谜，不断更新、反复、展开的起始之谜。起始之谜从某种意义上说是一个纯粹的形式问题，但那正是燃烧在自由与世界之间，所有关于我们生命之谜的缩影。

主体与外部之光

二、俄狄浦斯之眼

自己亲手用金针刺瞎的双眼——俄狄浦斯那双不幸的眼睛模糊了我们思考的视线。为何他要刺瞎自己的双眼呢？为了惩罚自己的罪？也许并不是这样。正如后来克洛诺斯❶所言，俄狄浦斯自身才是"受害者"。他成为加害者同时也必须成为受害者。他用自己的双手毁灭自己的双眼，那一瞬，以令人费解的强烈完美饰演了"自己"。事实上，当了解到自己的所作所为之时，他没有选择了结生命，只是决定要刺伤自己，为要献身于那"自己"之伤，献身于那种绝望。俄狄浦斯就是这样一部悲剧。

绝望，然后是对光的断念，但俄狄浦斯究竟是谁呢？是国王，并且是凭借智慧成为国王，进一步说是凭借"人类"一词获得了权力的人。智慧与力量这种顽固且牢固的结合——那不正是眼睛这种器官的主要功能吗？眼睛使我们看见，我们借助眼睛认知世界。视觉之中孕育着丰富的光线，我们所有的智慧形态在那里萌生。它们暗中保证了视觉的绝对肯定性。正是通过眼睛，我们可以没有痛苦、安全地区分自己和他者，在空间中定位自己，征服周围的空间，并且作为自己的"王"高居其上。作为主体的"人类"，作为主体的"身体"——其中心处，

---

❶ 希腊神话中宙斯的父亲。——译者注

在那球形的表面，映照一切、闪烁光辉的眼睛正安居于此。

俄狄浦斯是主体性的人类。奇妙但理所当然的是，他悲剧的一切正位于此。他不听从伊俄卡斯忒的劝诫，击退一切恐惧去了解自身的秉性。这种对于根源的贪婪追溯，想要了解自身的欲望——这白热化的智慧运动，在他毁灭自己双眼的瞬间到达了无法返回的极点。因为一方面至少这个行为没有记录在德尔斐的神谕中，是纯粹的自发性、主体性行为。它没有过去，也没有根源，它的意义也不能被预见。那个瞬间不属于过去，只属于"现在"这个强烈的时间点。但是另一方面，这种纯粹的主体性已经跟智慧的经营没有联系，也不在智慧运动的延长线上；并且它是对智慧的断念，是对眼睛的复仇。他诅咒自己的双眼，说："看见了不该看的东西，你们不能辨别我一直以来希望了解的人，今后你们就陷于黑暗之中吧。"借着这话，他以背叛罪名给眼睛和意志定罪。那绝非仅仅是"看见"或者"看见幻影"。俄狄浦斯的眼睛并没有看到幻影。只是在他"所见"与"所知"之间存在决定性的裂缝。他看见拉伊俄斯，却不知道那是自己的父亲。所以说，俄狄浦斯也不知道自己是谁，即不知道自己的双亲是怎样的人。一个根源性的无知，或者说臆断剥夺了眼睛与智慧之间的自然连接。反过来说，没有谁像俄狄浦斯这样迷失自我。俄狄浦斯对自己的印象反而使他的眼睛没能统辖主体的全部有机体，却成了独立的器官——仅仅是具有观看能力的器官。盲人预言家忒瑞西阿斯的预言"你虽有眼目，却不知自己处于怎样的灾祸，也不知自己在哪里，更不能看见与谁同住"，正是指俄狄浦斯那看不见该看的，丧失返还意义能力的悲剧之眼，尖锐言中了"主体"的缺席。被剥夺了意义的俄狄浦斯在追寻意义。他想了解自己。这时那已经不是他的眼睛，而是他者之眼——从怜悯中被救起的俄狄浦斯那原本应该死去，刚刚出生的生命，并且必须借助牧羊老人的眼睛，那目睹俄狄浦斯杀死拉伊俄斯的眼睛。俄狄浦斯借自己"国王"的权力让老人讲述了"事实"。这样一来他便知道了自己是谁，但同时他也必须直面"主体"成立的不可能性。

尽管他尝试了所有主体、人性的努力，但他所不知的是，德尔斐的神谕已经一字不差地在他身上应验；并且他所发现的自己，只不过是重合在一起的分身而已。他既是拉伊俄斯的儿子，同时也是杀死他的凶手，既是伊俄卡斯忒的儿子，同时也是她的丈夫，既是忒拜的拯救者，同时也是它的毁灭者，既是审判者，同时也是受审者，并且有眼目却看不见。作为力量、权力统一的"主体"在此完全分崩离析。这时，他已经不再是"王"了。

但这个事件也有相当难以理解的部分。俄狄浦斯得到"主体"也好，没得到"主体"也罢，都是因为他对自身的无知这种力量。正是无知，或者说无智这种黑暗之力，至少从外观上统辖了众多的分身，并且从他身上夺走了光的意义。"主体"一直被无智的盲目之力支配、威胁。俄狄浦斯——他出生后脚踝立刻被他者（父亲或母亲）用针恶意刺穿——正是这个人，注定要在可视的领域出演那危险的戏剧。非智慧就是回归智慧，但那种智慧不过是另一种非智慧而已。不能赋予其单一的意义，而是开启了一个戴着无数面具互相玩耍的多义场所。这里看似黑暗的东西，正是那强烈的光芒，内部的东西也暗中向着绝对外部移动，最后只剩下根源性的二重性（分割、非分割）。

"今天就会暴露你的身份，也叫你身败名裂"——正如忒瑞西阿斯的预言，俄狄浦斯在这天认识了自己，同时也走向了毁灭，成为作为毁灭的主体和自己的二重性，作为伤痛的存在。但通过自刺双眼这个戏剧性行为，另一种"主体性"，光的，不，应该是饰演向着黑暗"主体性"的秘密移动。失去双眼的俄狄浦斯确实看不见光了，也不再是"王"，转化为只能由别人牵引着在荒野彷徨的彻底被动的存在，但在这被动性之中，俄狄浦斯以一种奇特的形式取回了一种自我同一性，俄狄浦斯不具备作为"王"或者作为"权力"的力量，而是具备了死亡之力或者外部之力。正如人们传唱的"克洛诺斯的俄狄浦斯"，他借着死亡开始向他者发动力量，即绝不回到自身，而纯粹指向他者的力量。俄狄浦斯正是因为他者而存在，如同先前所言，"自己成为自己的灾祸"，换言之在对他者施加力量的同时，并没有形成连接自身的电路嵌入这种二重结构的存在。包围俄狄浦斯的，只是眼神作用下的自身扩展内化，并非成为亲密的东西或者现象学上的空间，而是成为被篡夺的意义，无法驾驭的力量互相碰撞的外部空间。这外部的压倒性的光被称为"命运"或者"阿波罗的意志"，它正像金针一般，刺穿了俄狄浦斯那已然成为黑暗洞穴的盲眼。

存在的束缚及其抵抗

三、书写"我们如同恶魔般的存在"

或许我想称为"妖怪"。一只"妖怪",正在欧洲、甚至在世界上徘徊——难道不能这么说吗?

当然这里说的是民族主义和民族这种不可思议、响彻远古的词汇。某种强力的——它的原理正是由强大的力量所统制——政治体制解体的瞬间,古老盲目的原理所支撑的社会组织化就一举涌现。而那是盲目的原理,并不是理性的,不如说它深深植根于感情,导致了必然而不能调停的战争状态。那种已经被埋葬的古代原理,如同噩梦、亡灵一般回归到了我们身上。可是那种原理为何在当下还能驱使人、使人发狂呢?究竟会迎来怎样的灾难,这对我们这个时代来说是个崭新的记忆,但是为何我们会如此轻而易举地打开城门让那古老的感情原理长驱而入呢?难道这意味着我们连一次都不曾克服过这种古老盲目的原理吗?即"西欧"这个计划注定要遭遇挫折吗?

因为"西欧"这个宏伟的计划孕育了人类的历史,并且产生了脱离一切条件、完全自由的人类现实,这现实规定了民族这一不可思议的虚构概念。这种意义上讲,虽然"西欧"源自欧洲地域的文化传统,但本质上绝对不属于这些民族。这种先验性归属的断绝本身就是问题所在,因此,这个计划可以用在任何民族文化上。

但那充其量只是理论层面的规定，无论它在此具有怎样的普遍性，在现实、即从过去而来的现实层面来看，它是由某个特定的民族文化传统而来，它的实行主体对于为参与其中的主体而言发挥着根本性压制的作用。这个计划的时间，未来的时间，是在普遍性的名下发挥作用，但它以切断文化根基为目标，在此之上这个计划最终发挥了破坏、压制某个个别民族文化的作用。即是说，途中这种普遍主义、现实效果更是作为西欧中心主义发挥其功能，这一点是必然的。

产出普遍性现实计划中的这种理念与现实的背离——简单地说正是它的本质性规定了"现代"（modernité）这一历史意识。或者说理念与现实之间的背离在目的论历史意识之中借着主体规定了本应被超越、接受的差异，那正是"现代"的本质特征吧。在当今时代，主体——这在黑格尔的"不幸的意识"，马克思主义的"无产阶级"中都能找到清晰的原型——经常面临危机。于危机中接受普遍性的计划，这正是主体的根据。在"现代"起初，主体正是根植于这种危机。被撕裂的东西——现代意义上讲是说主体这种东西；并且这种分裂在单方向规定的历史事件内应该被扬弃，这正是此处所暗示的。

但正如堆积如山的议论所示，这个"现代"——虽然还没结束——已经开始丧失它的理念有效性了。虽然我们没有必要在此细究"后现代"，但是这个后现代，它并不是以终结、而是以失效的形式作为其征兆，下面我们关于这个"征兆"简单谈一谈。

被我们称为"西欧"这个计划的失效，大概它正是这个计划在全球范围内渗透的结果。即控制物质生产的科学技术，控制社会政治的"民主主义体制"以及控制欲望经济的市场原理

（资本主义）——地球上的任何地方都已经无法抵抗这种控制计划的压迫。所以，"西欧"这个计划已经是不可撤回的了，它已经成为全地球人类存在的现实。

尽管如此我们却不一定能说这个计划成功了。这个计划不单成为状况性的破坏，进而成为本质存在方式上的破坏，成为全球规模的灭绝式破坏，这种恐惧开始席卷人心。如前所述，这个计划通过破坏人类的根基来产出新的现实，它的本质是破坏，但是这种破坏性不能借"目的"理念正当化，这是我们的共同感觉。这数十年我们所看到的"革命"这种理念的戏剧性失效，毫无疑问正是那破坏性计划的明显征兆。

接下来，共产主义是"西欧"计划中最为激进的形式，由于其激进性，这种计划的极端形态得以被展示，理念与现实之间的差异——它被迅速翻译为统治者与民众之间的距离——被夸大地保存，名义上的激进性借此得以保障，最终这种胶着不堪、无法循环的差异使该计划陷入麻痹状态。

换言之，计划本身正以加速度的形式得以实现，我们却开始质疑这个计划是否真的属于我们自身。对于自由的人类来说，能否承受这个力图产出普遍现实的计划，我们人类能不能成为这个计划的主体，这一切都值得怀疑。这想要控制一切——在保证每个要素的自由度最大化的情况下——的计划，在定义上本无法接受任何来自现实鲜活的人类的控制，这样的话，人类就无法成为这个计划的主体。即成为普遍性现实主体的人们，最后都成为机器人一般没有脸，没有身体的存在，即无限趋向于非人类。

普遍性这一理念，与人类相关事物的终极实现的意志——它同时也是指向幸福的意志——密切相关，但如果人类原本就无法承受普遍性呢？如果普遍性理念本身就是非人性的呢？西欧哲学中，普遍性认识被视为第一哲学，而反抗这一强有力传统的勒维纳斯❶伦理哲学将其自身汇聚到"脸"这个场所看来绝对不是偶然。实际上普遍的脸之类的东西位于何处呢？脸不正是具有特异性的印记吗？

利奥塔❷经常使用"宏大叙事的失坠"一语来论述后现代问题，或许我们也必须朝着这个方向去理解。也就是说"西欧"已经不是以人类主体为主人公或者英雄建立起来的故事，而是依据犬儒主义计算而来的精明计划。它已经不是以人类为历史主人公编制成的"故事"，而是以人类、至少是有面孔的人等仅以一个要素形成的计划，只要其具备精密先进的自我修复能力，就会成为一个任何人也控制不了的计划。

极端地说，这个计划的主体已经不是人类。这个计划的主体正是它自身，即是资本，是科技，也是两者牢固的结合。它迫使人类放弃历史主体的地位，而这正是我们对于历史的不信任感在当今时代蔓延的根源吧。

作为主体，我们仍处于危机之中。作为与现代主体相关危机的主体并没有消失。虽然如此，但如果那种危机没有将我们送至历史主体的层级中会怎么样呢？如果我们的主体性没有达到人类历史的主体性会怎么样呢？我们所承受的这种危机是推动历史计划的能源，也仅仅是能源。那本是一个受控的因素。

---

❶ 勒维纳斯（Emmanuel. Levinas），法国哲学家，著有《从存在到存在者》《和胡塞尔、海德格尔一起发现存在》《整体与无限论外在性》等。——译者注

❷ 利奥塔（Jean Francois Lyotard），法国当代哲学家、后现代思潮理论家，是后现代话语最具代表性的人物，也是当代法国后结构主义哲学的重要代表，著有《现象学》《力比多经济》《后现代状况》等。——译者注

那时会发生一种逆转。即位于"现代"的危机经常被定义为：相对于理念的先行性，现实的后进性背离。这样一来我们对于这危机的真实感受，不如说是我们的理念追赶不上现实那急速的先行性。最明显的例子就是随着器官移植技术发展伴随而来的"脑死亡"问题，科技带来的崭新的、更为普遍的——这里是说可以交换的——现实，对此我们人类的理念绝对是落后的。这种落后或许正像一部分人主张的那样，并不是过了一段时间后就会解除、消除其抵抗，而是从寄托于科技与资本的普遍现实而来的人类这一概念的本质性退化。对此，与其说我们思考的责任已经对普遍理念进行了先行冒险，不如说它在抵抗那急速的普遍原理现实化，并且通过那种抵抗，我们必须再次探讨那一度被我们轻而易举地抛弃、越过的无数因素。

在这被称为后现代的时代，每天正进行着艰难的抵抗，这里是说艰难地批判——因为所谓批判就是根据理念对现实的批判——对于正在现实化的"西欧"计划的模糊的不信任感就是它的特征。同时这种不信任感与重新认识人类存在的某种本质拘束性相对应。

如前所述，"西欧"这个计划是由最大限度容许个人自由意志决定所成立的共同体，即是为了以自由产出共同体。因为这个计划的关键正是在于自由，即人类是自由的，这是一条公理。但是这条公理绝不能保证人类就是自由的存在。逻辑上讲为了表达"必须……"这种规定的权利或义务，则不得不使用"可以……"的句型。但正是凭借"必须……"这种现实化的规定，"可以……"才得到证明，正是正当化使"西欧"这个计划获得了强大的加速度。

但是人们真的是自由的吗？所谓自由，就是不被先行于自身之外的东西所拘束，脱离于先行时间的诸多条件的自由。自由这个理念必然要求时间的断续，即不连续的时间。如果说"现代"赋予现在压倒性优势的话，那个时间一定是自由的，脱离连续性拘束的时间。如果我们认为时间是连续的，那么现在那就是脱离时间性约束的非时间性的时间，在这非时间性的时间里，人类就只能以普遍性为准则做出自由的决定。但这种决定的自由只在于对象的操作上，对其认识与实践可以借相关科技解决。科技是我们自由的证明。但那种自由是做对象的工作，产出新对象这种现实的自由，一方面它单方向地扩大了自身的领域，关于操作主体存在的自由，却什么也没能证明。"做……"的自由，对其自身来说丝毫也不能保证"是……"的自由。何况对于"是……"的表达方式，自由这个理念是否与其相关也值得怀疑。存在能否认识到自由呢？还是说它本质上与自由互相矛盾呢？"是……"这种表达，以某些方法，承受了过去时间的连续性。存在与时间——"与"这个连词是绝对不能翻译成"自由"的吧。

行为与意志的自由，行使这些权力是绝对不能消除存在的。不，万一它成为可能，那也仅仅是消除了人类而已。从自由而来，即超越自由的存在仍在持续。即是说存在终究还是抵抗以普遍性为目标的计划，作为不能被计划吸收殆尽的东西，再次携带那种盲目、不透明的厚重向我们呈现。同时土地、血、语言这些存在拘束性又成为问题点。在资本—科技几乎支配了全球的今日，世界各地涌现的"民族问题"不正迫切地讲述了那些问题的危机吗？问题不在于利用了民族情感，实行"现代"计划的所谓"现代国家"这种普遍装置的确立。而且以那种功能性的国家装置、超国家装置（比如说欧盟）的解体与失效为代价去追求自身的存在，这未必就是合理的、符合伦理的"个人"运动。

在以与自由相对的主体为中心概念组织而成的"现代"哲学中，海德格尔❶彻底研究了某种意义上被压制、遗忘的"存在"，在《存在与时间》中，存在以脱离其本质拘束性为契机，寻求两种固有性，即面向自身死亡的先驱性决心与良心之声。但对于"个人"的存在来说，死亡不仅仅是自身的固有属性，同时也属于共同体，在这存在之中不仅有良心之声，同时恶魔的声音也在回响，更准确地说良心之声与恶魔之声已经混杂在一起，无从分辨了。《存在与时间》的海德格尔与我们之间的隔阂就位于这个"存在"之中。存在已经是恶魔般，盲目的，正如海德格尔寻求的那真理的场所，但那真理绝对不是普遍的真理，而是真理与非真理相互交杂难以分离的特异的真理，恶魔般的真理。

所以说，如果存在的真理确有其事，那一定是危及存在的个别性的真理。谈及"存在"这个词，如果是作为存在者暂且不论，作为存在，则绝对不能是个别的存在。即它不能是单纯的复数形式的存在。这种说法是以个别性存在为前提，或者至少可以说在共时性平面内不存在无数的可能关系。仅仅依靠复数主义与关系主义是不可能消除存在的。因为存在与时间——在根源连续性中成立的时间——是难以区分的。存在与时间并不客观存在，或许存在就是根源性的时间，而且存在与时间的

---

❶ 海德格尔（Martin Heidegger），德国哲学家，20世纪存在主义哲学的创始人和主要代表之一，著有《存在与时间》《康德与形而上学的问题》《荷尔德林诗的阐释》等。——译者注

这种沆瀣一气，正是人类的悲哀以及悲惨共同体的关键所在。

人类即是共同体。除了像负债一般盲目归属于那已经存在的时间内的无界限体系，个体同一性之类的究竟存于哪里呢？本来"个体同一性"这个词语就是主体的词语、意识的词语。它是指向个体主体性的词语，但奇怪的是，大多数情况下它是靠归属于民族、家族以及共同体性的时间流动得以证明的。

比如，俄狄浦斯王的个体同一性究竟在哪里呢？它并不存在于权能者、无上智者这些名誉的荣光之中。背井离乡，从鲜血与土地的拘束中获得自由的俄狄浦斯仅仅凭借自己的智慧登上了忒拜的王位，但是那种制度式的个体同一性究竟是什么呢？凭借力量可以得到结构上的位置，但结局不过是一时的，最终其存在——"是谁"——被发觉，并且被审判。那时他那被发觉的个体同一性扰乱了所有个体同一性，成为一片混乱。存在，正如其文字所示，成为恶魔，这个恶魔不仅降灾于俄狄浦斯王，也使整个忒拜城陷入灾祸。

这样一来我们可以将俄狄浦斯这富有多种解释的古代形象重新以不可越境的原型进行理解。它脱离了意识领域的共同体，作为一个自由之力跨越了边界，但是这种越界本身则是个悲剧，它将俄狄浦斯自身的存在，盲目地带回了他所属的共同体，即智慧与意志并没有凌驾于存在之上。意识世界中那明亮的开端，最终屈服于存在的盲目。打败了恶魔斯芬克斯的俄狄浦斯本身的存在，也化作了超越斯芬克斯的恶魔。发现自己的存在本质上是一个恶魔——这正是作为越境的惩罚。

人类在其存在中归属于恶魔般的时间。这里的恶魔指的是被神遗弃的，但对于"现代"之后的人们来说，神与恶魔之间的区别已经变得没有意义。索福克勒斯所著《克洛诺斯的俄狄浦斯》中，凭借自刺双眼，接受那根源性盲目的俄狄浦斯，借着自身的埋葬，获得了毁灭共同体，保护共同体的强大神格。但那究竟是神还是恶魔，对于一神教世界观之外的世界并没有区别。在基督教世界观中说"神死了"，即使是真实的，也绝不意味着无数恶魔也死了。"神死了"在西欧代替了以"神"的超越普遍性为基础的末世论计划，意味着"自由"这个计划开始启动，不如说它允许无数恶魔使用他们特有的表现方式。

处于"现代"的文学，正是使用了那种恶魔式的时间表达，这是我们必须思考的问题。关于现代小说，卢卡契❶评论道："小说是神遗弃世界的叙事诗。小说主人公的心理是恶魔。小说的客观性即是说其意义完全没有渗透现实，现实失去了意义向着缺乏本质的虚无分崩离析，这是成熟人的洞见。"对于我们来说，化作恶魔的不是主人公的心理，而是存在，小说——即使是通过心理描述——终究是对存在的表达，其客观性非但不是"成熟人的洞见"，而且是可以挫败所有洞见和计划的盲目性时间的事件，这是我在这里想要订正补充的。

在此意义上，文学——这里不是指诗或者故事，特别针对小说——一直站在存在的一方，并且一直处于反动的状态。

文学是反动的，文学本身绝不能证明人类的自由，反而成为人类意识，或者决定那荒谬的欺骗性、盲目性的证明，成为那恶魔般存在的悲剧拘束性的证明。尽管如此，文学只是在书写那种——无可救药——存在的时候，正如用金针自刺双眼的俄狄浦斯，才得以借那恶魔般微小的"自由"夸口。而这"自

---

❶ 卢卡契（Georg Luacs），匈牙利现代美学家、文艺批评家、哲学家，著有《美学》《审美特性》《美学补遗》等。——译者注

由"并非等同于以"西欧"计划为前提的自由。它不是操作行为的自由，而是属于存在的恶魔性重复的自由。存在在重复。写作，就是在那连续的共同体性时间的语言里盲目重复的实践。

土地、鲜血、身体、众神（恶魔）、语言——这是存在的拘束性的几个维度。我们存在于世界之前，它们就已经存在于这些拘束性之中了。我们存在于世界之前——或者同时——就存在于作为特异连续性集束的时间之中。但我们或许不能天真地将那种时间归属于民族或者家庭这样的类别。在现实基础上，至今尚未产生新的、有效的类别去代替传统的，也许今后会产生，但是尽管如此，我们也不能天真地将我们的存在拘束统一划归到民族或者家庭中去。对于至少受到过一次"自由一击"的我们来说，已经不能将土地、鲜血、身体、众神、语言这些先验性的统一作为前提。我们那连续的时间不是统一的时间，而是不同的时间解体交错、混杂结合的时间。家族的纽带分割了民族的空间，使民族的统一性解体，反过来民族共同体切断了家族的纽带。语言与土地不再一致，众神与语言也彼此分离，彼此间纵横交错。我们已经不能作为普遍个体的存在，也不能作为单纯归属于共同体的存在。我们的存在失去了统一的重合点，变得越来越轻飘，越来越离谱。尽管如此，那种拘束仍不能从各种维度中消失。正如我们的文学，我们位于各个维度的存在拘束在当今的时代是如此显著，这乃是空前的。文学在存在的各个维度中终极化的结果就是将存在解体，沿着那解体的线书写存在。如今，我们——如果不是资本——被科技计划要求放弃自身去寻求普遍"单子"的话，就必须以某种方式书写我们的这种恶魔般的存在。

书写存在——当然不是书写作品的意思。我们在根源性反复与解体之上接受那种特异的时间，并将其作为永恒的必然性延伸。回避政治所要求的那种急性的个体同一性狂热，以解体的方式接受斯芬克斯式、恶魔式的自身存在特异性，将这谜一般的"民族精神"打造为无终结、无目的的"伦理"——文学已经不能聚焦于国民启蒙文学，也不能聚焦于孕育世界主义这白日梦的世界文学……我们只能认为它仅仅是一种直截了当的关于伦理的实践。

学术文库版"代后记"

对谈——"灾难"的世纪与"荒野"的思想
（小林康夫+古井由吉）

1. "战后"是另一场战争

小林：今天想就弥漫于古井先生文学中的风景，请教一些问题。

我所感兴趣的是，事故与灾难，这种人们无论如何都会遭遇的事情。在古井先生《白发之歌》深处流淌着的，也是涵盖了"战后"日本的各种事故。这个时代人们遭遇事故和灾难是怎么一回事，它是否成为人们悲剧的本质，这是我思考的中心。

古井：确实，我们回首"战后"，事故接二连三地映入脑海。"战后"紧随而来的八高线列车事故中，约200人遇难。高度发展的时代也有1962年的常磐线三河岛列车相撞事件，同时期还发生了横须贺线事故。每一起事故都死难众多。1966年接二连三地发生空难。交通事故的死难者人数年年增长，20世纪70年代已经上升至约每年1.5万人。我身边的人也有遇到交通事故的，还有煤气爆炸。走在街上时看到有人从高处跳楼自杀。我听说不知道哪里修建水坝死了几十个人。要是这样算下去，也能称得上是"战后"的又一场战争了吧，简直尸骸累累。人们就是在安稳与不安中生存下来的。我常想这种人称究竟是什么呢？

小林：古井先生自身遭遇过什么灾难吗？

古井：没有，这么说来我是安稳的。秋田冲地震与钏路地震时，我偶然旅行经过附近。

小林：前年（1995 年）发生的阪神大地震与地铁沙林这两大事件，某种意义上可以归结为"战后"日本的天灾与人祸。但是《白发之歌》也好，其他作品也好，无论是大事件还是个人事故，古井先生的文学一以贯之地保持这种敏感性。与其说将焦点置于人类生产的积极姿态，不如说置于人们避之不及却又与之相遇的灾难的诞生，古井先生正是将这种诞生理解为"战后"人类以及文学的根本存在方式吧？

古井：世间发生的种种惨事，蜂拥进一个人的心里，我是有这种体验的。每次发生重大事故，我内心都会惊起惊涛骇浪。这大概是曾经看到自家宅院在眼前焚毁的后遗症。经历了这样的事件，即使灾难与自己相隔遥远，但仍感觉历历在目。这大概是遭受空袭之后的阴影。少年时期的我曾认为，那大概是美军的地毯式轰炸，意图杀光我们吧。美军在想要歼灭我们的地方投下核弹，然而随后战争戛然而止，之后我们度过了一段安稳的时光。然而安稳时光的代价就是恐惧症，它在我的内心深处作祟。

小林：您说的这种回到战争的体验，是类似恐惧世界这种吗？

228

古井：这么说当然可以。即是说平稳也好安稳也罢，在我看来都是一种虚构的假象。小说虽然是远隔的，但是抓住了一种现实，它是这样一种行为。这时，如果灾害灾难不涌现，我就难以认为它是现实。

小林：被灾难的感觉俘获的同时，将其写进小说，这是在抓住它的基础上以理智和逻辑使其对象化，这种力量也发挥了作用吧？

古井：这么说不是很恐怖吗？远处的袭击不知何时就会发生，于是产生想要把它拉近并且封印的想法，难道不是这样吗？

小林：我觉得古井先生的写作非常具有特异性，但与其说是记述"难"，不如说是在"难"之上发挥写作的力量。在"难"之上一边保持平衡，一边行走而不坠落其中。我觉得您写的是这种奇特的文章。

古井：我认为在其上如履薄冰般行走就能封印"难"本身，就好像是封印土地神灵一般。

小林：然而同时，您也写出了"难"的官能性。

古井：因为不安也好风情也罢，"难"掠过肉体时，人就变得最具欲望。我的身体内潜藏着这种感觉。"难"没触及的地方，我能嗅到男女间的性欲的酸臭味。

小林：正是"难"还给了人们最真实的肉体吧。尽管如此，"难"如同疯女人一般，在女性中间，或者在与女性的关系中间，摆错了自己的位置。小说中曾经写道这样一个凄惨的风景：走在小巷中的女人背上，"难"在一瞬间被窥见。这时官能的样式发生了变化，令读者毛骨悚然。

古井：这时为了区分封印"难"的表达与不将其封印，而是将其招来的表现。

小林：原来是这样，自问自答般的自我反省，您在作品中经常会做内心斗争，质问自己这样做是否合理吧？

古井：写作这种工作，大概就是迷信的，我经常恐惧自己这样做是否会招"难"。没有任何预感进行写作的话，自己不是成了一名盲目的预言家了吗？

小林：那种预感甚至威胁到了作家身体，《乐天记》这部作品用的就是这种写法是吧？

古井：如果说表达者触犯了什么禁忌，虽然有时践踏了社会的伦理，但是对于社会来说，那也是预言恶的东西。这里有来自世界的表达者的出格。即使表达者被社会的规范束缚，也必然具备招灾的危险。如果不是这样，他就不具备表达的能力。

小林：同时我也在思考，那是从哪里来的呢？虽然是偶然发生的灾难，但也产生了不间断的磁场和关系。那正是偶然的必然，我对它的手感抱有很大兴趣。

2."难"与"信"

古井：我对于"难"的感觉大体上属于泛灵论。比如说《旧约圣经》上的"难"是宿命性的，来去行迹不可追溯。但是我的感觉隐藏在各处，特别是人的心情与感觉浓缩之处，或者在强烈燃烧的地方潜藏着"难"。因此，表现欲果真是光明正大的东西吗？不如说它背负着可疑的招灾冲动吧。这种感觉与困惑之间的纠葛促成了文章的微妙之处。

小林：但即使采用这样的写法，作品仍然带有郑重的理性。给我的感觉是，在本无一物的空间中，男女的内在高潜能彼此摩擦，而不是盘踞于此。

古井：如果郑重地书写就能封印"难"，这种想法我一开始也有，所以我尽可能地把文章写得端正。

小林：我们以空难和地震这两种灾难为例，我们不知道它们的诱因，然而在《白发之歌》中，青年一心执念于家中事故的因缘这种东西吧。同样事故的诱因无从知晓。家族也好血缘也罢就是这样的吧。不同于消费性的东西，时间这种东西一经体验，就会永远残留。残留之处存在着惊恐，古井先生您的战争体验也正是这样的吧？并且您非常郑重地书写它的发展，虽然没有露骨地表现出来，但可以通过写作的结构看到。

古井：空难造成大批人死亡，并且活下来的人们内心残留的恐惧并不会随着时间的流逝而消散。活着难道不是每时每刻都在重复死难者的恐惧吗。我认为活着的现实性正在于此吧。在这种现实性中，人的官能和感觉是如何运作的，人们是如何看到问题的，这些是我的兴趣所在。当然对于创作之心来说，将其封印的想法很强烈。

小林：封印的同时也将其平息了吧？

古井：只是封印的话，反而会使其发挥作用。

小林：遭遇"难"的时候会发生什么，一想到这里，对于世界的"信"就会被刺伤。从当今日本的情况来看，到底存在从根本上支撑人们的东西吗？并非信义这种作为道德的"信"，而是缺乏对于自己能够生存下来的根本的"信"，如果说相信是一种能力的话，我强烈地感到，这种能力正在渐渐消失。

古井：对于我本人来说正好相反。自己的家曾在我眼前付之一炬，这对我来说是现实，是"信"的东西，因此在此之上安定下来的"信"逐渐积累，我想这并不是伪造的吧。并且我自己大概并不是活着的吧，大概并没有面对现实吧。穿过某种默示录式的情念，我们的国家难道不是把战争中失去的"信"打造成了新形式的"信"吗？这个国家，比如说，"战后"文学中很少见到充满默示录式情念的作品。太宰治有这种情念，然而英年早逝。我也读过永井荷风的日记，永井风格的默示录式情念在"战后"一段时间很强烈，然而到了昭和二十四年（1949年）左右也猝然停息了。

小林：太宰也是这样吧，那不就是资产阶级没落的临终感吗？这么说来也是有界限的呢。

古井：在界限之内也燃烧了默示录式的情念了吧。当年我还是少年，当然没有默示录式的观念，现在想来，当时也是毫无防备地暴露于那种情念之下了。但是，那种事象并没有显现，只是偶尔化作灾难，在安稳的世界里展开。我开始拘泥于思考"信"究竟位于何处。

小林：我也正想这么说呢，无论是狂女人、疯女人还是遭遇事故的人，古井先生在某种意义上经常将他们描绘成信仰者的形象。即是说有信仰的人被当作脱离了世间常识的人。但是我认为，实际上您以疯女人内心这最后消失的"信"的熊熊火焰的方式书写。正因为这个时代没有"信"，那种人的狂乱的"信"才得以鲜明地传递给读者。不如说，我认为在当下这个时代，只有这里才存在"信"，难道不可以这样说吗？

3. 普遍的荒野

古井：是的，还有一点，遭遇灾难的人们，极端地说是在坠落的飞机中的人们，或者被宣告罹患癌症的人们，在这些人的内心产生了"信"的前提。

小林："难"对于"信"来说看似是否定性的，事实上却要求近似的东西。

古井：的确如此。《旧约圣经》中诸位先知的事迹中，

"难"与"信"是不可分割的，没有"难"就不能证明"信"。虽然预言是为了避免"难"，实际上是为了证明"难"。这么说来"难"有一次证明了"信"。"难"没有实现的话，预言就是不真实的，预言的"信"也就不能成立。先知正是处在这种矛盾的立场之中。虽然这种东西跟我无缘，但是将其郑重地表达出来，是我可以做到的。

小林：荒野正是"信"出发并且遭遇"难"的场所。那正是灵魂的荒野。古井先生的《神秘的人们》可以说是证明了"信"的小说，其证明过程可以说是遍布"难"的痕迹。

古井：是的，并且近代这种东西正是借着开拓"信"所开启的荒野，巧妙地繁殖下来的。

小林：请您继续说。

古井：比如说科学思想、神秘学家们，或者过激宗教思想家们如果不彻底开拓普遍精神空间的荒野，恐怕就难以将其展开。驻足于"信"与"无"之间的联系这本质性矛盾之中的人们开拓了精神的荒野。但是这里开拓的荒野，成为科学上绝好的培养基。自然科学也是普遍的荒野，如果被性质上的差异束缚，就不能充分发展。因此，我觉得这是一个讽刺的结果。我是一个极其不善于科学思考的人，然而在自己患病时，又会以科学的、"普遍的"视角去思考。真是令我惊异不已，明明是在考虑自己身体的事情。

小林：但那种普遍的荒野，它的界限不也是明晰了吗？普遍实际上并不是部分的东西，这是我到目前付出了很多代价才学到的，不是吗？虽然普遍意味着覆盖所有情况，但实际上类似部分的东西。

古井：是部分的东西吧，但是荒野和这种东西，在其内部涵盖了普遍。即使有局限，作为精神，难道不是涵盖了本质性普遍吗？在消解了所欲区别差异之处，涵盖了观念的普通。当然将局限了的普遍称为"普遍"，这种做法的滑稽之处也为近代人所诟病，但是观念中扩展的普遍带有无限的感觉形态。将其还原为有限是极其困难的。

4. "无"与"零"

小林：这样说来，可以重新定义文学这项工作了。

古井：它与种种表达的可能性相关吧。无论哪种表达方式，能否表达自己现今所处位置的存在，这正是问题所在。这时一个大问题是，无限与有限之间存在关系。虽说是有限，但并非个人能够享受的境界明晰的有限，而是有限中蕴含着无限的感觉，并且能够在精神上领会。然而这或许也是件滑稽的事情，我们所使用的日语是在近百年间形成的，近代一百年可以说是有限的典型代表了吧。

小林：但是，语言原本就保持着那样的状态，它无疑是有限的，但是即使选取一个范畴也能够言说所有内容。从这种意义上来看，如果不是语言上的工作，那么有限与无限的问题也不能得到解决。不如说因为有了语言，才出现了这个难题，事实是没有语言就无从谈起有限和无限。

古井：正是如此。如果仅仅考虑语言内部的话，虽然做好了精神准备，但是数量上的抽象也是极其偏激的吧。某种表示"可能性的波动"的公式也会产生吧。虽然我们没有理由了解它所要表示何种存在，但是理应可以从这个公式还原出现实。这种数量上的抽象已经渗入我们的观念。比如我们在小学时学习的植树问题。这个问题也涉及非常抽象的观念。具体说来，究竟为何要植树、怎么栽种都成了问题。

小林：这么说来，所谓数，拥有与观念的荒野性质完全不同的性质。现代科技最终都要以此为基础，因此这里没有"文学"吧？

古井：零的发现可以说是数学问题。将零带入观念中时，不能说与当时的宗教思想纯粹化没有关系。宗教感情中原本没有零，然而实际上，如果使其过激化发展，可以认为在零之中存在信仰的极点。如果人类拒绝接受零，自然科学就不会发展至今。

小林：这与《神秘的人们》中的"虚无"问题直接关联吧。

古井：正是如此。本来，"零"与"无"就无法进行测算。

小林：那里肯定发生了不同于测算的东西。正因为不能测算，所以才相信，是这样的吧？

古井：基督教中，十字架挡在"无"的面前。佛教大体上是基于"色即是空"，然而还是有那么多佛像呢（笑）。

小林：所以人们必然不能回归到"无"。表象一定会在那里显现，为了言说"无"，"零"的表象成为必要条件。

古井：然而自然科学正闲适地在自动化上实现"无"，即在零的基础上行进着。

小林：这样就不能在普遍的荒野中栽培文学之花了啊。

古井：不能了吧。但是如果在某种程度上不能意识到数学的抽象破绽，今后文学大概就会突然消失，如果不与抽象思考相对照的话。

小林：文学上讲，"无"是作为"难"之类的东西显现的。虽然什么都不存在，仅有几处裂缝，然而此处引起了灾难，引起了男女的情事。科技自身内部不存在"难"吧。

古井：是的。科技内部完全不存在这种魔幻的东西，只有现实的对失败的恐惧。

小林：因此，机长只要不逆向操作的话飞机就不会坠落。这么说来事故也好灾难也好，与数字的普遍分属于完全不同的领域，在这种奇妙、令人战栗之处，或许还存在人性的东西。

5. "有"与"无"

古井：更广泛的人文世界中，"无"是"有"的基础，可以说"无"孕育了"有"。比如诺瓦利斯❶的《夜颂》中，呼吁了养育白天的是黑夜，即"无"。"无"是"有"的发生源。因此，有时"有"也归于"无"之中，这就是"难"。

小林：说到这个话题，我不禁想到"希腊神话"中巴门尼德❷的故事，这被认为是西方逻辑的起源，女神降神谕说"无"本不存在，所以"无"存在的逻辑不能成立。如果考虑"无"就是陷入狂想，应该就此打住。西方在"无"的初始阶段创造出将其排斥的思想，即是说之后才将其抽象地接受。所以，西方对于"无"的发展是很薄弱的。然而东方的逻辑诸如"色即是空"，承认"无"的存在并且将其发展。这是矛盾的，并非一贯的整体逻辑，因此不能发展为近代逻辑。但是为什么说"无"能够存在呢？感情与情念的形态如此，进而死也可以纳入其中了。无的逻辑真的很强大啊？这里是东西方分道扬镳的场所。

古井：日本人过去普遍仰慕中国，到了近代，开始仰慕欧洲。但是，我们调查一下欧洲，发现他们并非只是直接受到希腊罗马的影响，还有经由阿拉伯伊斯兰，进而是东方的东西也

---

❶ 诺瓦利斯（Novalis），德国早期浪漫派诗人、小说家，代表作为《夜颂》等。——译者注
❷ 巴门尼德（Permenides），古希腊哲学家，埃利亚学派的创始人。——译者注

被带入欧洲，由此推动走向近代。这些影响以宗教传道等方式震撼人心。其根源之处的"无"，近代欧洲是以完全不同的方式接受的。那正是数学普遍与科学普遍自由自在地发展自身现实的平台。

小林：正是如此。那是能够毫无根据地创造的"出于无"（"ex nihilo"）吧。为了实现这个目的，"无"从某种程度上讲不得不与存在于东方的"无"一刀两断，与东方思想的暧昧性变迁迥异，这样就诞生了功能性的"无"。

古井：在某些时代应当认真考虑"有"与"无"之间的纠葛，但那是从某个时期向着安定过渡。日本的话大概就是中世、近世之交吧。

小林：是不是说镰仓佛教呢？

古井：我觉得当时对于"无"的紧张感很强烈。

小林：这么说来，能通过什么证明这种"无"的转向吗？我认为我们有必要看清这一点。

古井：只能通过众多例子来反推，比如室町时代的五山文学之类似乎高度把握了"无"与"有"的紧张关系。连歌与芭蕉初期的思想达到了一定高度。绘画的话从安土桃山到江户初期的狩猎派力量相当强盛。问题在于其后，江户时代元禄以后，在形而上学紧张感缺席的情况下，社会也成功得到了调和，不是吗？

小林：说起近代的文脉，有"风景的成立"这种说法，恰好室町时代初期前后也有同样的东西，难道不是这样吗？日本式风景的成立是在与五山文学的关系之中建立起来的，我觉得这里建立的风景观上演了之后调和的戏份。

古井：室町、安土桃山，直到江户初期，不论文学还是绘画，我认为不存在安定的预定调和，而是有着极其带有建构性的"有"与"无"。这两者理所当然地走到一起是之后的事情吧。

小林：然而连歌中不是已经存在这种结构了吗？根据一定的规则发出语言。这其中联系着风景的东西不是已经实现了吗？

古井：那是方法论式的规定，是继承下来的形而上学内容。

小林：真是玄妙啊，虽然含有形而上的内容，但同时也单单以风景的形式流传下来。我觉得只有芭蕉的俳谐把消失的形而上学寻了回来。

古井：连歌是不允许自在的，继承的秩序必须建立在方法上。芭蕉对此融会贯通，然而他也是连歌大师的末裔，所以关于文学的继承也是在内心纠缠。从《猿蓑》到《炭俵》中表现的融会贯通与继承的调和非常清新有趣，然而其前途的涩滞也展露无遗。

小林：元禄以后的结构一直延续到今日吗？

古井：汉诗中不是显露出近代化的苗头了吗？我是这么认为的。汉诗由局限的语言构成，江户中期以后开始面向现实打开。然而时代将其周围卷入了帝国主义列强之中。没有充足的时间来使文化自然地展开。明治维新之后，进而有了面向近代的语言性"矫正"，然而那仍然是源自江户时代的展开。夏目漱石感到困惑并且进行了反抗，最终写成了《道草》这样的作品。森鸥外年近五十才开始用口语体创作。语言周围这种强烈的断绝感，使他们回溯日语的流脉。然而漱石在晚年执笔《明暗》时，曾在汉诗中寻求充实感。寻求精神充实的同时，还有语言上的充实。鸥外转向了历史传记，这是文言。我觉得我们也是在这个地方丧失了方向感。即使在现实世界中丧失了方向，只要依靠语言就能够起到作用，这是理所当然的吧。但是，我们越依赖语言，反而越迷失了方向。

6. 文学总是迟到

小林：近代的百年间，即使说是为了救急而临时拼凑的东西，然而我觉得我们已经掌握相当强的方向感了。

古井：确实掌握了。不过那是一种记忆模糊的状态：最后的紧要关头，一路满是痛苦，在语言上究竟摸索了怎样的道路，一路观赏了什么风景都记不清了。结果这个国家再次被推进、陷入语言的绝境中。这么说是因为，"战后"五十年来的趋势是，现实社会中语言并非必要的了。在经济发展期，暗号、行话以及数字已经足够用了。然而当社会触及天花板时，为了维持现状，大概就需要能够把握错综复杂各种事态的语言能力了。语言开始被尝试。语言必须忍耐事态的多重结构。如今已经是互联网等高科技电子媒体社会了，虽说人们已经不需要阅读了，然而反过来考虑，社会向着复杂化发展的同时，信息也变得多种多样，所以传递信息的语言也变得复杂起来。这时语言能力衰退的国家到底是毁灭，还是恢复语言能力，这是我无法看透的。

小林：正像新年的预言呢（笑）。那时为了重新取得语言感觉的必要条件是什么呢？是文学吗？还是说文学本身不得不在语言的一点一滴的工作中改头换面呢？

古井：我总是感到，文学的立足点脱离了时代。因此，文学不得不与其他种种行业一起苦于日语的解体。我觉得文学如今正是处在这样的场所。

小林：反过来说，正是文学应该在最初活过这场危机，抛弃听天由命这种天真的想法，肩负起日语解体本身的责任活下去，即遭遇"难"，文学家有必要去尝试看看对面是否有什么东西。

古井：但是，文学在这点上不也是最迟的吗？其他的行业比文学提早遇"难"，或许已经想好对策了。因为从事文学的人往往依靠先人的遗产，他们恐惧无论何时也不能停留在自给自足的语言之内。时下的文艺期刊中蔓延这样一种弊病：憎恶自己所不知的事物，拒绝大费周折之后才能了解的东西，或者侮蔑对事态的无力表达。总带有一种倾向，即在前代的约定俗成之上流动，因此很少能够觉察到前途的涩滞。

小林：学会也是这样，逐渐丧失了对知识的好奇心。曾经有这样的时期，无论看起来多么轻浮浅薄，但至少对于海外发生的事情抱有认真的关注，然而如今大家都是一副漠不关心的姿态，人人都固守自己的一亩三分地，对外界没有任何兴趣。

古井：是这样吗？但我最近读了几篇学会中一些四十多岁的人的文章，我觉得他们还是很有胆识的。啊，大概他们是学会中出类拔萃的人，我感到他们在表达上很用心。

小林：那是被外界大开眼界的若干人，即使是研究日文本学的人，如果不跟海外优秀研究人士对话也是一筹莫展，如今这已经是普遍情况了，因为在外面可以得到锻炼。如今只有日本人懂日文本学和日语这种蠢话已经说不通了。所以，与外界有沟通渠道的人还好，没有的可就不顶用了。

古井：我认为文艺世界进展缓慢，因为不分善恶，又带有延迟，或许可以产出好东西来。但是我觉得至少应该清楚地意识到，它落后于语言的危机。

小林：依我来看，从事文艺工作的人们觉得发出语言的场所很安稳，就像投出各种各样的球，虽然花样各异，但都出自同一个场所。

　　古井：年轻作家们虽说自己不读陈旧的东西，可是仍旧将日本近代文学这百年遗产视若珍宝并且立足于其上。它确实是伟大的遗产，然而由于一直被消耗，如今作为表现力的余额成为一大问题，并且大家并没有认识到它已经处于贫寒的状态。这个状态真的令人感到绝望。

原版后记

　　本书除部分例外，大体汇集了笔者在近六七年间关于文学研究的理论成果。

　　与笔者目前付梓的著作相同，本书并不是从一开始就围绕一个统一的主题组织展开，而是通过分别对具体的文本进行阐释，该过程中使对某种问题设定的空间得以浮现，如此终于能够总结为一册书。

　　对于问题设定，很明显即本书题目中的"事件"。稍微夸大其词的话，是把文学研究的视点"从意义移到事件"——这是我们这个时代的必然——在这种思考的倾斜中，本书的根本意图和动力就是留下一丝笔者的痕迹。面向阐明文学事件论的地平线——这是我个人的口号。

　　但与此同时，对于事件的集中研究，绝不仅仅限定于文学研究或者文本解读这狭小的领域。从意义上解放文学，从根本上把事件性作为问题的这种问题机制，同这种至少在我看来是把人类的存在从事件的角度来重新捕捉的半哲学式的尝试进行重叠。在此意义下，这个被称作文学的与起源和危机相关的时间错乱性事件——这才是本书最重要的论点——我正暗自企图证明是它构成了人类存在本质的维度。正因如此，虽然每个论点都没指向所谓的"作家论"，但是对通常被称为作家的这个特别的存在，以及作为其特别性展开的作品进行了重新发问。因此这本书或许迟早有一天会有人去写，比如我梦想着它会成为《存在与事件》这样的哲学类书籍的习作。

　　但是，开诚布公地说，我确信要将此书赋予这样的性格，是在开始进行整理工作，以求整合成一部书的时候。无数次的反复试验，更改论文的选稿与组织结构，在编写序论草稿的时候经过多次整理，梳理并发现了这个问题体系，对于我这种工作方式极其散漫的人来说，能够将其整合编写成此书，并且能清晰地描绘出自己思想的轮廓，又不禁觉得这次机会实属难能可贵。

因此，对于给予我写这些论文的机会的编辑们——他们各自都付出了辛苦的劳动——当然在此我要再次感谢他们，是他们精心培育了编写这次对于双方来说都有些意外的"一册书"的机会，在笔者工作进展不顺利时予以孜孜不倦的鼓励，甚至还额外完成了超出自己本职范围的工作，在此要特别感谢为本书能够在短时间内诞生而注入诸多心血的神林丰先生。

此外还要说一下关于本书的封面设计。当初在与神林先生商谈的基础上，因为"事件"这个中心概念贯穿全书，所以我们认为荒川修作先生设计的作品《事件的地图》比较合适，就在今年（1995 年）1 月会面时把原稿的复印件交给了他。荒川先生欣然允诺，2 月他从纽约发来传真，正如荒川先生所言，那是个"令人感觉不可思议的想法"，由于其过于独特，甚至可以说有点过激，对于现在的我来说无论如何还是接受不了。虽然很遗憾，那个设计直接将我送到了十年之后，经过几番传真沟通，我决定采用书中引用过的荷尔德林的诗句，荒川先生的回复是"自己果断先试下那个想法"。于是在听从他的劝告之后，我鲁莽行事，在荒川先生"空间的语法"中添加我的语句（就是荷尔德林的诗句），实施了这个想法，并以此为出发点，委托设计师东幸央先生进行设计，这真是一个奇妙的合作过程。

混乱必然会产生，即由该事件而来的这个"三体问题"，对于我自身而言只是单纯地享受其中，在此想要记下对荒川先生与东先生的感谢，是他们让这次相遇成为可能。

1995 年 3 月 16 日

小林康夫

本书已发表内容出处一览

（ ）内为原题目

《作为事件的文学》为新作

第一部

1.《环绕桃山山麓——川端康成的〈拾骨〉等作》刊于《新潮》1992 年 6 月

2.《泪与露——夏目漱石的〈梦十夜〉（第一夜）》（注 2 有所修改）刊于《丛书 比较文学比较文化 6 文本的发现》，中央公论社，1994 年版

3.《篝火与蹄——夏目漱石的〈梦十夜〉（第五夜)》刊于《漱石研究》8，1997 年 5 月

4.《历史与虚无的圆环——三岛由纪夫的〈丰饶之海〉》"Le lieu vide du Mishima Yukio"（法语原文）刊于 Revue d'esthéique，1990 年

5.《拯救的不可能性与"只是"——坂口安吾的〈白痴〉等作》（《安吾的断言装置》）刊于《早稻田文学》1992 年 5 月

6.《战争的幻象与同时代性——村上龙的〈战争始于海的对岸〉等作》（《意向的欲望·战争的幻想》)刊于 Ryu Book，思潮社 1990 年 9 月版

7.《诚实与自欺——大江健三郎的〈人生的亲戚〉》刊于《文学的言语行为论》，未来社 1997 年版。

8.《遇难与灾祸——古井由吉的〈乐天记〉与平出隆的〈左手日记例言〉》（《遭难的乐天》＋《来自灾难的暗号》的基础上润色而成）刊于《すばる》1992 年 6 月＋《新潮》1993 年 9 月

第二部

1.《梦之光学·如闪光一般的父亲的"签名"——平出隆的〈年轻整骨师的肖像〉与〈家中的绿色闪光〉》刊于《现代诗手记》1989 年 3 月

2.《水的性爱·水的痛苦——松浦寿辉的〈冬之书〉与朝吹亮二的〈作品〉》刊于《现代诗手记》1988 年 7 月

3.《雪之庆典——朝吹亮二的〈临终与王国〉与〈封印吧！在其额上〉》刊于《现代诗文库 102 朝吹亮二诗集》，思潮社1992 年版

4.《"我们"与死——守中高明的〈砂之日〉》刊于《现代诗文库一五七 守中高明诗集》，思潮社 1999 年版

第三部

1.《诗之"场所"·诗之"今日"——安德烈·杜·布歇的〈荷尔德林，今日〉等》（《杜·布歇的诗的"今日"》）刊于《法国现代诗》，思潮社 1990 年版

2.《眼睛、眼神之前——奥维德的〈变形记〉》刊于《アルゴ》，东京大学教养学部教养学科法语系，1994 年 7 月

3.《耶路撒冷的封印——〈圣经〉》（《圣经》的场所）刊于《哲学 电子圣经》，哲学书房 1991 年版

4.《沙漠中的逃亡线——保罗·鲍尔斯的〈遥远的插曲〉》（《逃走的故事·沙漠的音乐》）刊于《新潮》1989年 12 月

5.《作为重生之秘密仪式的写作——勒·克莱齐奥的〈奥尼恰〉》刊于《图书新闻》1993 年 7 月 10 日

第四部

1.《"民族伦理精神"（ethica-ethos）的开启》刊于《生命——它起始的样式》，诚信书房，1994 年 5 月版

2.《主体与外部之光》，朝日出版社 1978 年 9~10 月版

3.《书写"我们如同恶魔般的存在"》（关于存在的恶魔）刊于《越境的世界文学》，河出书房新社，1992 年 12 月版

对谈——"灾难"的世纪与"荒野"的思想（小林康夫+古井由吉）